名/家/励/志/臻/选

各\寒\凤\志\藜\盐

意林 名家励志臻选

# 病房,心房

爱玛胡 作品

上海文艺出版社
Shanghai Literature & Art Publishing House

图书在版编目（CIP）数据

病房，心房 / 爱玛胡著. -- 上海：上海文艺出版社，2020
ISBN 978-7-5321-7560-4

Ⅰ.①病… Ⅱ.①爱… Ⅲ.①故事－作品集－中国－当代 Ⅳ.①I247.81

中国版本图书馆CIP数据核字(2020)第074240号

发 行 人：毕　胜
责任编辑：陈　蔡
主　　编：顾　平　杜普洲
丛书策划：蔡　燕
特约策划：康　宁
特约编辑：康　宁
封面设计：资　源
美术编辑：孔凡雷
书　　名：病房，心房
作　　者：爱玛胡
出　　版：上海世纪出版集团　上海文艺出版社
地　　址：上海市绍兴路7号　200020
发　　行：上海文艺出版社发行中心发行
　　　　　上海市绍兴路50号　200020　www.ewen.co
印　　刷：河北盛世彩捷印刷有限公司
开　　本：880×1230　1/32
印　　张：7.5
字　　数：200,000
印　　次：2020年7月第1版　2020年7月第1次印刷
I S B N：978-7-5321-7560-4/I.6016
定　　价：39.00元
告 读 者：如发现本书有质量问题请与印刷厂质量科联系

# 目录

## 呼吸最简单，也最难

- 002 　夏天依旧，你已不在
- 005 　托斯卡纳艳阳下
- 008 　你是否听见死神的敲门声
- 011 　铁打的医院流水的兵
- 015 　小晕台，老晕台
- 018 　抑郁不是年轻人的专利
- 021 　是病人还是朋友
- 024 　一天之内，两次车祸
- 027 　还能为她做些什么
- 030 　过度诊疗，看的是你的心病
- 033 　一毛钱省不下十几万
- 036 　好教练与好医生

 生命若如过场电影，我愿从容结尾

- 042 　那一瓶没有浇下去的开水
- 044 　好水能当得好药

# 目录

047　在奔跑中呼吸
050　白衣调解员
054　实习医生
057　三姐妹
060　严医生是怎样炼成的
063　27.5 公里
067　有知识的文盲
070　妈妈是全家人的动脉
073　单身海归的烦恼
076　糖尿病人的新出路
081　最后的自私
085　死亡的艺术

　当救护车鸣笛而来时，
　　　愿你让出生命通道

090　胖医生的减肥方案
093　那人那狗那故事
097　曼妙而美丽
101　生命不能承受之重
104　给外国人看病
107　每一个生命都值得尊重
110　保险公司最了解你

## 目录

- 113　小聂医生没有妈妈了
- 116　做笼子
- 120　幸亏只是一袋旺仔小馒头
- 123　世上没有如果
- 127　女汉子医生的眼泪
- 130　你到底在怨什么
- 133　心里有气,吐不出来

 **谁都不喜欢医院,但谁都离不开医院**

- 138　防火防盗防妈妈
- 142　为什么得病的是我
- 146　么么哒
- 149　天上不会随便掉馅饼
- 153　站不起来的男人
- 158　不甘心
- 163　以色列的残疾人车位
- 167　但愿为母不强
- 170　晕倒的外卖小哥
- 174　他也不是有意的
- 178　倒签

# 目录

183　这不是鬼上身，是病
186　半夜看妈妈的女儿

 **你我皆凡人，医者父母心**

190　众生皆苦
193　一手机差点儿打出人命来
197　十六岁，他随时可能倒在路上
200　主任的丢脸事
203　心比身先死
206　谁说柯医生的人生不完整
211　19床
215　恶颜恶色的爱
218　说不得的"炎"字
222　何老板是个有钱人
226　不是我的错
230　除了钱，还能用什么表达感激

呼吸最简单,也最难

## 夏天依旧，你已不在

每到夏天我都会想起她：一身素白连衣裙，腰部是链状镂空，露出一小段美好的腰腹。背景总是老医院前那大片草地上，入夏，无人修剪的野草疯狂生长，碧绿碧绿的，每天早上，她穿过草地上的小路蹦蹦跳跳来上班，看到我，远远挥手打招呼。齐膝的草拂过她裸露的小腿，她年轻的脸被夏天的阳光晒得红红的，满脸都是快乐的笑容。

第一次见她，就是夏天，我刚刚毕业到医院，在科室里见人就喊老师，喊到她，同事们都笑了起来，她脸都红了。主任跟我说："她跟你一样，都是新来的，她就比你早来三天。"

同事都比我大，都比我经验丰富，在他们面前我挺自卑的，能有一个跟我一样笨手笨脚的，还在同一个科室，挺庆幸的。我记得那一天，她穿的就是这条裙子。

住院医师是不能单独工作的。白天我们俩一起跟着老师，吃饭我们俩一起去食堂，还有一起上下班，一起午休。我与她都年轻羞怯，不擅长跟别人打交道，我们之间却总有说不完的话。毕竟，我们都爱看书，爱听英文歌，爱幻想，爱小猫小狗……

老师笑称我俩是"孟不离焦，焦不离孟"。我们年纪只差一岁，体形却天上地下：她黑黑瘦瘦像根甘蔗，我白白胖胖像个糯米糍。同事看见我俩在一起，总说："哎呀！你俩要是匀一匀就好了，反差太大了。"那时年轻，能与众不同，我还挺得意的。

工作渐渐繁忙，我俩去了不同的科室，生活节奏、作息时间都不同步，不能天天混在一起，却还常常在上下班时，在医院后面的乡间小路上遇见。每次碰面，两个人都特别喜悦，匆匆数语，问候下近况，大约知道彼此在读书、在恋爱、在准备评职称等。

也是一个夏天，碰到她的时候，我正好有事儿，点个头就想过去，没想到她特别叫住我，以一种宣布好消息的口气告诉我，她要结婚了。"真的？""真的。"我拉着她的手，一蹦三尺高，替她高兴。

我没等到她的喜帖。

突然有一天，别人告诉我，她住院了，是白血病。

那段时间，她常常觉得体力差，上楼没有力气，容易感冒。那时常规体检还没有像现在这么深入人心，难得单位组织一次，我们一排年轻医生自恃身强力壮，都没去查，想着不会有什么毛病。她因为不舒服，就想查个血象看看有没有炎症。谁知检验科连查三遍，随后要她去血液科做骨穿，后来就说："你是白血病。"毕竟是自己人，医院很重视，马上把她转到全省最权威的血液病医院，住进了隔离监护室，连探视都不允许。

消息传开后，同事们都很震惊，很积极地捐了款，知道做骨髓移植要花很多钱。她男朋友执意和她领了结婚证，为了方便照顾她；又把结婚的房子卖了，多点儿治病的钱，所幸她妹妹与她骨髓配型成功。我们都还太年轻呀，年轻得不知道意外才是人生的常态，我还挺乐观的，想：幸亏她发现得早，幸亏她能移植，移植完了就好了，我们还能像以前一样。

我去看她好几次，不能进去，我就隔着玻璃窗冲她微笑，画大大的LOVE给她，她并没有太痛苦的表情，还是微笑着冲我招手。

天不遂人愿。她的手术没有成功，脑出血昏迷，没下手术台就上了呼吸机，从此再没有离开监护病房，直到最后。

就这样，我失去了她。也许因为来得太突然，竟然感觉不到痛苦，人是麻木的，走在路上，有时会忘记她已经不在了，还期待着会遇见她。那时也渐渐算是有经验的医生了，会有在我手里看病看好的病人专程来跟我说一声"谢谢"，我微笑着与他们寒暄时，会突然走神，想别人都活得好好的，她怎么就去了呢？心就揪了起来，酸酸的。

快二十年过去了，医院搬家了，医院后面的小路早已成为住宅楼的一部分。这个夏天，我又想起她。

# 托斯卡纳艳阳下

正是盛夏，我和家人到意大利旅游。一下飞机，踏上米兰的土地，感到骄阳似火，我妹妹感慨地说："真是托斯卡纳艳阳下呀！"

我茫然地说："这里不是米兰吗？"

她给我一记白眼："托斯卡纳是地区，米兰是城市，这里是托斯卡纳的米兰，就相当于湖北省武汉市。"

她对我下了定语："文盲。"

这一点，我也承认。

托斯卡纳艳阳果然名不虚传，在太阳下走不了三分钟，已经大汗淋漓，被暴晒的皮肤有了疼痛的感觉；而菜市场的水果、蔬菜在阳光普照下熠熠生辉，果实巨大，颜色鲜艳得犹如静物画。走累了，我们坐在广场喷泉旁的阴影里，街头乐队的音乐声远远传来，吃着奥黛丽·赫本吃过的冰淇淋，欣赏街道两旁店铺橱窗充满艺术感的摆设；评头论足着往来的各色美女帅哥。一切都是那么美好。——除了一个不协调音,那就是耳边不时传来阵阵警笛声,大约十五分钟一次,非常密集。

是110还是120?大家不由得议论纷纷。

我凭医生的直觉说:"一定是120。你看太阳这么强,天气这么炎热,人大量出汗,补充不及时肯定容易中暑。"想起来,连忙提醒同行的家人:"赶快喝水,别嫌水贵,中暑可麻烦了。"唬得大家纷纷掏出矿泉水来。临行前倒是带了保温杯,但这大夏天的,谁喝得下热水?

医生的毛病让我继续推测:"还有心脑血管病,你看来旅游的那些大胖子,一个个面红耳赤,大腹便便,都是中风面相。"大家都笑起来,我们一家人都不瘦,可跟他们比起来,那就是窈窕淑女了。

正聊着,就看见闪着警笛灯的救护车疾驰而来,我一眼认出来。大概全世界的救护车都长得一样吧。

意大利的街道多是旧式的,非常狭窄,错车时都得互相谦让,而车流量并不小。可是听闻警笛声,所有行人进店铺,所有车辆迅速自动靠边上人行道,让出急救车道,让救护车呼啸而过。一旦救护车通过,行人立刻出街,车辆继续疾驰,像什么都没有发生过。

哇,我们忍不住惊叹。这才是真正的托斯卡纳阳光下灿烂的美好心灵。

但救护车的频率实在太高了,我也不免嘀咕起来:"就算有中暑和心脑血管疾病,也不应该有这么高的发病率吧?"事实上,没听说过意大利有特别高的心脑血管疾病死亡率呀!我这个医生纳闷起来。

后来碰到一个热心的当地导游,才知道,在意大利,医疗是不要钱的,救护车也是免费的!在当地人的观念里,生病了就打急救电话,而不是找家人,找家人有什么用?医生才能救命。况且,急诊优先,普通门诊则要等很久预约,而意大利人的工作效率是出名的低,有笑话说,为什么意大利人长寿?因为活得不够长的话连等待的时间都不够。所以一有风吹草动,他们就打118——这是意大利的急救电话。

而那阵阵警笛,也就成了托斯卡纳艳阳下最不协调也最协调的背景音。

病房，心房

## 你是否听见死神的敲门声

我的医院没有肿瘤科。往往有终末期的肿瘤患者，没有治疗价值也不能放在家里等死，就送到我们这里，姑息挨着，活一天算两个半天，给些止痛维持治疗。

这算不算医疗资源的浪费？讲不好。确实占了床位，也把钱花在了治不好的病上。但是，大家都是人，将心比心，谁得了病也不希望躺在床上眼睁睁等着死亡来临吧？

这次，收了个二十四岁的姑娘，大学毕业才刚上班，打羽毛球时觉得腰痛，以为闪了腰，没在意，休息了两天还不好，到医院看看。医生检查完，就不让走了：肾肿瘤，已经骨转移了。她腰痛是骨质破坏造成的腰椎骨折。

这一住，就是八个月。接了骨头；切了肿瘤；做了放化疗。终于有一天，医生说，她可以出院了。不是好了，是再没有什么可做的了。肿瘤已经扩散到骨头、腹腔、胸腔、淋巴结，到处都是。

她妈妈都快疯了。八个月来，每天医生跟她讲这样治、那样治,各种各样的检查,都是从没听说过的名词,脑子里什么也来不及想,只是按部就班跟着医生走。从没想过,居然有一天,什么都不用做了,做什么也没用了。天天盼着不用再治疗了,原来真的"不治",是这么可怕的一件事。

她们没有办法,到我的医院来了。这是个心理安慰,对病人对家属都是,多少还有医护人员是最后一道防线,挡在死亡面前。

我去看她,她在病房最里面的一张床,帘子拉得严严的,静静地侧身躺着。她瘦得皮包骨头,却有个大得惊人的肚子,里面是肿瘤和腹水。看见我,她使了半天劲儿,挤出个笑脸,真是个乖巧的孩子。

常规摸摸听听,我鼓励她:"能吃就多吃点儿,你多点儿劲,病就多退一点儿。"

我顺手想帮她把帘子拉开:"透透风好吗?可以跟病友聊聊天,也可以看看电视。"

她急了,喘着气嚷嚷:"不行不行,我不要。我现在太丑了,我不想见人。你别拉。"她喊得声嘶力竭。

我突然心疼起来,伸手替她捋了捋睡得七倒八歪的头发:"好好好,咱不拉帘子,等好点儿了再见人。"

她松了口气,安静地点点头。

扭头看见她妈妈,在我身后悄悄抹眼泪。刚好有些事要沟通,我示意她妈妈跟我到办公室。

她妈妈拿着厚厚的病历给我看。所有的检查治疗单看完之后,我的心绝望到底,默默把病历装回袋子里。

她妈妈盯着我的动作,大约知道了我的心思,突然崩溃了:"怎么会这样?怎么就落在我姑娘身上呢?医生你说,她还有多久？"她没有哭，只是眼泪哗哗流。过了一会儿，她又突然说："人家都说有奇迹，说不定她就有奇迹呢。"声音很小，垂着头，像交不出作业的孩子在说"忘了"，是自己也不相信的谎。

她妈妈抬头，眼巴巴地看我。看着她满脸是泪又充满期待的眼神，我连附和的话都说不出，怕一开口，我的泪也会下来，只用力拍拍她的肩。

日子一天天熬，看来来回回就她妈妈一个人，不知道爸爸在哪儿，也不好问。医院里见惯了死别生离，什么都不新鲜。只是她妈妈的年纪，应该不是独生子女，一问，果然有兄弟姐妹。我劝她："请家里的亲戚来帮帮忙，分担一下也好。"

她摇头："我没有跟他们说。"

我吃惊："这么大的事，为什么不说？"

她的眼泪又下来了："还没到那个时候，到时候再说。孩子也不让说，说不想看到舅舅和姨，难道来看最后一面吗？坚决不让。"

我说："你这样太辛苦了……"

她哽咽着："我不累，守着她，我心里踏实些。"

我有什么不明白的呢？多年前，父亲得了肝癌，最后一晚，我守在他身边，明知道回天乏术，明知道这就是他的最后一晚，也是觉得，只要在身边就安心了。

我走开了，到了走廊上，才摘掉眼镜，迅速地擦了一下眼泪。

面对不能避免的死亡，我们到底应该怎样面对，才是正确的、没有遗憾、不后悔的呢？

当死神敲门时，是不是光假装听不见，就能延缓它进门的速度？

## 铁打的医院流水的兵

我办公所在的这层楼挺奇怪的。

刚搬进新院区,还没摸清楚东南西北,有时候,连自己分管的病房区域都要看贴的号码牌。一次心内科病房人满为患,走廊加满了床,我一路走一路看,床头都用黑色大字标注:眼皮痛。我奇怪,"眼皮痛"是个什么病?怎么这么多眼皮痛的病人?又怎么收到心内科来了?想到这里,我不由自主地还眨了两下眼,嗯,很好,眼皮一点儿也不痛。

碰到护士长,我拦住问她,她笑得肚子疼,半天才忍着笑,告诉我,医院现在一切兵荒马乱,有些科室合用病房。在这层楼的下一层,是三个科室共用的,眼科、皮肤科和疼痛康复科,简称"眼皮痛"科,走廊加的床就是找人家借的。我也笑,太有创意了。

风水轮流转,谁想到,心内科病房扩大,一层楼住不下了,就在下一层楼占了二十张病床,毫无疑问,床头的挂牌变成了"眼皮心痛"。这样,我成了"眼皮心痛"科的一员。别说,"眼皮心痛"四个字连在一起还挺好玩的，就像那种有泪心里咽的硬汉子，遇到挫折，眼神还是皮的，但心挺痛的。这不是我联想出来的，是我那个爱七想八想的妹妹说的。

新医院刚开张，病人对我们的实力还不太了解，眼科、皮肤科和康复科住院病人不多，主任们都忙着在门诊大显身手，一个礼拜才查一次房，留在病房的只是几个小医生，每天忙忙叨叨地查房、换药、做治疗、琢磨着写病历。

相反，心内科是大科室，病人向来很多，医护人员也很充足，我和另一个主任轮流镇守病房。

就有一样，心内科属内科系列，而眼科、皮肤科和康复科都属于外科系列，这样完全不搭的科室合在一起，有时候病房调剂不过来时，病人还会混插着住。这样搞，说突兀也突兀，再一想，又觉得像乱搭，别有风味。

有时查房，查过1床，2床的病人突然问我什么时候做手术，我一看病历，不是我科的呀，原来是疼痛康复科腰椎间盘突出的患者等着做介入治疗呢。

还有时，我跟心内科的病人交代病情，全病房都静静地听，我很奇怪："这些和你们都不相干呀！"全病房都不干了，有的向我诉说常年的高血压史，有人说到家里的老人——这年头，完全没有糖尿病、高血压的老人，都少见了。

这边，心内科的病人吸着氧，做着心电图；那边，眼科刚做完外伤手术的年轻病人和老婆亲热地搂在一起，让人眼热又羡慕。我开玩笑地说："等我的病人做完心电图你们再抱吧，要不他心电图总不正常。"大家就笑。

我的病人有长个包、皮肤痒的，就拉到皮肤科医生面前，不花钱，就看看给个意见；病情重的，需要正式请医生会诊的，也方便。

而他们科室的病人，但凡有个头痛脑热、血压高、血糖高、心脏不好的，这下都有着落了。近水楼台啊！我到底干了几十年，大概内科系列的疾病，都能处理得八九不离十。病人一举两得，住一次院，解决几个问题。

另外，心内科的医生都是老字号，年纪普遍大，病人更不用说了，全是老年人。每次，我遇到电脑障碍、手机问题，一筹莫展，眼皮痛三科随便来个年轻医生、年轻病人，三下两下就给弄得清清爽爽。这种时候，我就更觉得：年轻真好，这世界就应该是他们的。

病人来来去去，医生才是天长地久在这里的。久了，我也慢慢知道了他们的故事：

眼科小姑娘医生和康复科小伙子医生都是山东人，在武汉上学，也在武汉成家立业，各有各的生活，但亲不亲故乡人，有时候他们在楼道里遇到，会用家乡话打个招呼，不忙的时候，还会站下聊几句天。听得我很是羡慕，我小时候在东北长大，东北话忘得差不多，想找一个能用乡音说说话的小伙伴，也没机会了。

皮肤科两个小伙子医生，都是二十八九岁，坐在一起，叹气说丈母娘嫌弃工资低了，不肯让女儿嫁过来；又说到医院现在的新医生基本上都是博士，总觉得自己那张硕士文凭弱了薄了，商量着考博士……

我说："……往好处想，这也是从病源抓起，有效控制流行病蔓延。"

新医院所在地，正是开发区，每天日新月异，无数建筑正在落成。窗外一大片空地，一直说要修五星级酒店。我看看那片空地，安慰他们:"坚持住,隔壁开业了,你们的春天就来了。"

以为就这样了。

医院改革,小科室各自打散,统统并到大科室里,独居一隅。眼皮痛三科全不见了,神经内科占据了他们走后剩下的病房。

其实还在一个医院,想见也随时能见到。但是,同事的缘分不过如此,我没有特别想见谁,想来也没谁特别想见我。医院这么大,哪怕是去同一个目的地,他乘1号电梯,我乘2号电梯,也是看不见彼此的。

所以……我的小伙伴们,都散了,没有了。

谁叫医院是铁打的营盘,医生是流水的兵呢?

## 小晕台，老晕台

还记得在普外科实习轮转时，一去就碰到教学手术，是一台甲状腺结节摘除术。这是普外的基础手术之一，主刀的老师挑了几个实习医生跟台，我个子矮，老师怕我站在后面看不见，特意照顾我，要我负责拉钩。唯一一个啊，跟老师一起站在手术台上，同期的实习医生们羡慕不已。

我穿着手术衣，套着无菌服，戴着棉口罩（当年还不是一次性口罩），捂得严严实实的，被同期医生们团团围着，站在台上。也不知道是太兴奋、太紧张还是确实体力不支，我只觉得喘不过气，头越来越昏，视线渐渐模糊，冷汗一直顺着脊梁骨往下流，仅存的意识就是，一定要拼命拉着钩。

蒙眬间，只听见老师兴奋地说："同学们注意了，现在是最关键的时刻，要分离喉返神经了。"我脑子里还在回忆课本上的内容，机械地背诵着："甲状腺手术注意事项，分离喉返神经时要避免损伤神经，以防造成术后声音嘶哑……"后面的事就不记得了。

醒来时，发现自己躺在手术间外面送病人的平车上，耳边恍惚有人问："怎么，有连台手术？"见怪不怪的巡回护士尖声尖气地答道："你们晕台的实习生。"问的人显然是个医生，此刻笑道："没事儿，习惯就好。"我还在糊里糊涂地想：是说护士习惯就好，还是说我习惯就好？想了半天恍然大悟：当然是说我。

确实，习惯就好。

为什么突然想起这事呢？因为最近，我们主任有些着急上火。

主任的爱人得了子宫肌瘤，要做手术。对于妇科来说，这没什么大不了的。可主任夫妻俩伉俪情深，主任非要进手术室，还振振有词地说，他也是从基层医院出来的，当年在县医院时，什么手术都做过。

主任年纪大了，又一直干着心内科的工作，做妇科手术？怎么可能？这话不能直说，妇产科主任说："……医生不能给自己家人动手术呀！"

我们主任说："我不主刀我不主刀，我就参与。懂不？贵在参与。"嗬，敢情手术室也讲奥运精神呀！

不知道是碍于情面，还是被我们主任的情义打动了，妇产科主任破例同意了，让他洗手进手术间，说需要时让他参与指导（是照顾他面子的话吧）。

消息迅速传遍全医院，我去妇产科会诊时，妇产科医生纷纷打趣我："听说你们主任要改行抢我们饭碗了，胡主任，什么时候你也跟我们上台呀？"

我苦笑着求饶："谢谢你们，我现在跟老百姓一样，怕血，见血就晕，我还是老老实实地帮你们会诊高血压、心衰吧。"大家哄笑。

主任夫人上台那天,主任从早上来就板着脸,神情严肃。查完房,他一边洗手一边发呆,七步洗手法都重复了七十次,一双手还没离开水龙头,水哗哗地流了有一吨。

我凑过去搭讪:"夫人几点手术啊?您……还是上台吗?"他看看表,简短一句:"现在。"然后郑重地点点头,飘飘然走了,有点儿魂不守舍的样子,搞得我也心神不宁的。

大约过了一个小时,我正写病历,办公室电话响了,是个急促的声音:"心内科吧?请胡主任快到手术室来,你们主任晕倒了。"

我大惊失色,主任是有高血压的。情急之下,顾不得等电梯,一口气从十六层跑到六层手术室,护士已经等在门口。

跑急了,我一边喘一边换衣服,都来不及擦汗。正手忙脚乱,来了个妇产科小医生,她喊住我:"胡老师别着急,你们主任醒了,应该是晕台了,血压稍微有点儿低,现在躺在观察室,您去看看吧。哦,他爱人的瘤子已经剥离出来了,应该没什么问题了。"

我一口大气这才喘匀了。一屁股坐下来,至少休息了十分钟,腿不抖了,我才拐到观察室,主任已经坐起身,一脸懊恼。

看到我,他有些不好意思:"哎呀,到底老了,还以为跟从前一样,什么都能干呢。没想到……也是奇了,怎么一见到血,我就晕了呢?"

我安慰他:"不要紧,习惯就好。"

心里想:以后我老了,这种逞强的事儿,万万不能做。

## 抑郁不是年轻人的专利

挺和气的一位老太太来看病,陪着的应该是她的女儿,眉眼长得一个模样。

我问老太太哪里不舒服,老太太有些扭捏,左顾右盼一下,凑近我,悄悄告诉我:"我呀,我有病。"瞟瞟姑娘,摆摆手,大约意思是要我别告诉姑娘。

我笑了:"没事,老太太,没病到医院来干吗?来就是看病嘛。"

老太太两手一拍,清脆的北方口音:"哎呀,太好了,终于碰到好大夫了,我到处去看病,都说我没有病,可我明明有病嘛。大夫,还是您瞧得准!"她竖起大拇指。

我有些疑惑,还是慢慢问她:"那你都有哪儿不好啊?"

老太太叹气:"唉,到处都不好。我有高血压、冠心病,胸闷、心慌、气接不上来,胳膊、腿都疼……"

姑娘插话:"医生,您别听她的,她啥毛病都没有。我们到处去医院看了,医生做了检查,说血压心跳都正常,她不放心,非要到你们医院再看看。"她也是北方口音,和妈妈一样的伶牙俐齿。

老太太急着回嘴:"我咋没病啊?我口干、老饿、心情不好,干什么都觉得没有意思,整宿睡不着,动不动就哭,心里难过得很……"

姑娘也不依不饶:"怎么睡不着啊?多少次,你坐着坐着就睡着了,喊醒了说上床睡吧,非不承认,非说根本没睡——又不是什么见不得人的事。三餐饭没亏着你吧?到半夜,非说肚子饿了,要点火做饭,那还怎么睡啊?"

我好奇:"真做饭?大半夜的。"

"可不是,哐啷哐啷的,搞得我们都不能睡。"女儿抱怨。

"不吃我饿呀!"

"饿啥呀?你就不住嘴地吃,还找邻居要吃的,说我们不给你饭吃,搞得邻居以为我们做姑娘的虐待你,告到居委会去了。"

两个人你来我往,听起来简直像《我爱我家》那一类的情景喜剧,就是我笑不出来。

老太太突然就开始抹眼泪:"我活着有啥意思呀?吃不能吃,睡不能睡,有病不让看。还是自己生的姑娘呢,生了病就嫌弃我,我命苦啊……"

姑娘还准备再说,我冲她使眼色摇头,制止了她。接着问老太太:"查了糖尿病没有,还有甲状腺功能……"

姑娘掏病历,真是到处去医院看过,确实各项检查都正常——还别说,老太太身体很棒。

老太太还在呜咽不止,我安慰她:"老太太,有病咱就查,查出来就能治,我给你开个检查,让护士陪你去做,好吗?"

病房，心房

老太太破涕为笑："你这个大夫最好了，给我好好看看。"

我跟护士交代下，让她陪老太太去了；把她的女儿留下，再问问。

原来，老太太本来是大学教授，跟爱人相伴五十多年。一年前，老先生脑出血，一下子就走了，留下老太太一个人。姑娘放心不下，把老太太接到本地一起住，没想到，本来脾气挺好的人，慢慢成了现在这个样子。

我大概有数了：应该是老年抑郁症。劝姑娘："别再跟她争了，她这样也不是她乐意的，她控制不住，这是抑郁，是病态，是真的有病，不是装病。你带她去神经科看看吧，有药吃，能比现在好些。"

姑娘一惊："抑郁？抑郁不是年轻人得的吗？"

我一时啼笑皆非："抑郁症，也不是年轻人的特权呀，老年人天天应对亲人去世、身体上的不适，身边又往往没有同龄的朋友，有话也没地方说，其实是更容易抑郁的。"

姑娘仍有点儿半信半疑，但还是点头答应了。

我一边开药方，一边心里感慨：现在全民对抑郁症都有了认识，不再那么无知了。但对于老年抑郁症的普及，还远远不够呀！

## 是病人还是朋友

他是个急性子，第一次见面我就知道。

当时，我是来看门诊的病人，说胸痛，我问他既往病史和治疗情况，他怎么也讲不清楚，急得一拍大腿，站起就走。我吓一跳，撵出去问他："怎么了？继续看病啊。"

他边走边回头告诉我："我回家拿原来的病历给你看，一大堆。"三两步走得不见踪影。

我站在那儿，啼笑皆非。看看表，都十一点多了：他家在哪儿呀，什么时候回得来？

很快就过了下班点，各科室医生们都走了，我在大厅徘徊，不知道该不该等他，兴许就是一说呢？

忽然听见匆匆的脚步声，是他一溜小跑上了楼梯，看我还在，舒了口气："你看我糊不糊涂，忘了问你几点下班，不好意思啊，麻烦你等我。"

下班没有其他病人了，我索性慢慢看他一堆病历。嚯，病真多,得过肺结核;肺癌开过刀;发作心绞痛做过冠脉造影、放了支架……还都是在不同的专科医院治的。我边看边给他讲解:什么病注意复查,什么病要坚持吃药,什么病不用处理……然后把资料还给他,叮嘱他保留好。

他挺高兴:"一直生病,从没哪个医生像你这样讲给我听,你真是个好医生。"

我鼓励他:"只有了解自己的疾病才能管理好自己的疾病,当个好病人。"

到这时我才终于有机会给他做检查,原来,他的胸痛是带状疱疹的症状,只是当时疱疹还没有出现而已。

隔一周再出门诊时,他又来了,兴冲冲掏出检查资料给我看:"这是我回原来医院复查的结果,我相信你,给你看看,你说好就是好。"结果还真是挺好的。我高兴,他也高兴,边收资料边问我:"你哪天的门诊啊?我每天都来,每天都不是你。"我吃一惊,感动于这份信任,把电话号码留给他,叮嘱他有事随时联系我。

他很慎重地收好号码,本来要走的人又坐下来,突然感慨道:"我这个人哪,一辈子命苦,爱人从年轻就得病,我照顾她,无怨无悔,把自己的事业都搁下了。现在她走了,该过自己的人生了吧,得,一身病。儿子非要我搬来跟他一起住,其实我有很多想做的事,但儿子什么事也不许我做。哎,万般不顺……"我来不及说话,已经来了新病人,他起身让座,冲我点点头,走了。

以后几周,每次我出门诊他都来,没有什么大毛病,就是给我看他的疱疹已经快消完了,又问问我吃哪种药更好。有时病人多,他就不进来,站在门口招招手就走了。看我不忙,他就坐着跟我聊生活。

有一次他忽然问我:"挂号的钱,你们能落得多少?"

我笑:"哪里有这么算的,一个号几块钱,摊到医生头上能有几分钱就不错了。"

他一听转身就跑,我莫名其妙,但已经知道他性子,也就没追他。过一会儿,他拿了个号回来了:"胡主任,我不能占你便宜。我占了你时间,该挂的号,我还是要挂的。"

这人真是……

最后我还是诚恳地说:"你把号退了吧。我当你是朋友,现在也不是在给你看病,就是聊天。不过先说好,有病人的时候不能聊呀。"

他睫毛连闪直闪,点头答应了。

原来他是搞音乐创作的,在市音协工作,因为长期照顾爱人,只能断断续续写点儿谱子。他对我比画着:"这都是我心里的旋律,我耳朵里听着,就拿纸写下来。"他的眼睛孩子似的发着光。

原来想等有时间再把零散的谱子变成真正的乐章。不料他自己生病后,儿子怕他累着,索性把他平常记的谱子一烧而尽。这是他最遗憾的事,讲到这里,他情绪低落下来。

聊久了,我也被他对音乐的热情感染了,想:不如什么时候学个钢琴,还可以让他帮忙介绍个老师。

一次隔壁科室的医生来串门,看我们在聊天,问:"朋友啊?"我随口回答:"噢,是病人。"他眼中的光突然暗淡下去。我不安起来,打个哈哈:"也是朋友,久病成朋友。"大家都笑。

随便再扯了几句,他便走了。

过了很久,我才发现:咦,他已经很久没出现了。

就为了我那一句"是病人"吗?

## 一天之内，两次车祸

还是初春时节，也不知道是怎么了，雷电交加，大雨滂沱，天空阴沉得分不清白天黑夜。马路上一片红彤彤的双闪车灯，缓慢移动着，不耐烦的汽笛声穿过雨雾和十六层高楼，一直在耳边响彻。明明是大中午，办公室里灯火通明，看窗外黑漆漆的，倒像是傍晚下班时分，空气中弥漫着焦急赶路回家的气氛。

接到急诊科电话：一起车祸，伤者心电图不正常，请求会诊。

看病人，认识，是曾经住过院的罗先生。说来挺可怜，他不到六十岁，严重心绞痛发作，找我看病，本来准备做冠脉造影检查，考虑放支架。谁知不成器的儿子和媳妇天天赌博，借了高利贷还不起，趁罗先生住院不在家，把家里的房子偷偷卖了，留下还在读小学的孙子，卷了钱财，两口子就跑了。罗太太和小孙子，莫名其妙地就被买家拿着购房合同撵了出来，没有地方去，在罗先生的病房里挤了几天。这是不合规章制度的，主任、护士长看一家老小实在可怜，就没作声，还联系村主任给他们租了个房子住。忙只能帮到这份上，罗先生的检查是不能做了，简单带了药回去吃。出院那天，大家凑了点儿钱，也是杯水车薪，都暗自想：遭遇这样的事件，只怕罗先生活不长了。

真是船漏偏遇顶头风，都已经倒霉成这样了，他又出了车祸。我同情地看他一眼，问了问急诊科医生，倒还好，没有明显外伤，只是惊吓诱发了心绞痛。车主吓得惊慌失措，人都缩成一团，反复说："医生，只要你们尽力治，医疗费不是问题。"罗先生摆摆手，微弱地说："算了。"我怕他有内伤，劝他做检查，他直摇头。车主明显松口气，倒是爽快，掏出一沓钱，总有两三千吧，给罗先生。罗先生把钱揣口袋里，这事就结了。我又叮嘱了他几句，就去了。

那天我是二线班，晚上六点多钟，又有急诊电话：有人晕倒了。

急诊科乱糟糟的，抢救间挤满了人，地上一条血路，大厅里好几名警察在问询。护士把我引到病人床头，病人已经醒了，正跟急诊科谢医生争什么，看到我，急切地抓住我的手，眼泪都下来了："胡主任，别管我，快去救那个小孩。"竟然又是罗先生。

我跟谢医生对过疑问的眼神，退出病房。谢医生跟着我，在走廊上悄声告诉我："他骑电动车被小车剐倒了，车主一慌，猛打方向盘，把旁边放学的小孩轧了。"

我一惊，赶紧问："小孩怎么样？"

谢医生摇一下头："估计够呛，外科医生正在抢救。"

我心里有不好的想法：怎么一天之内，他遭遇了两次车祸？

正说着，隔壁抢救室哭声大作，外科医生向我们走过来，一路走一边摘手套口罩，一脸沮丧，冲我们摇摇头。

已经帮不上什么忙，我又折回罗先生那儿。他呆呆的，泪痕还挂在脸上。我戴上听诊器，听听他的心跳，他突然喃喃自语："我不是有意的。我只是想多挣点儿钱，开车的都是有钱的，我不想害谁的，我真的不想……"

听诊器戴在耳朵上，挡住了我的一部分听觉，我听不太真切。

## 还能为她做些什么

晚上夜班，巡视监护室，门口床上坐着一名女子，三四十岁，蓬头垢面，怀里抱着个黑色的皮包，目光警惕。

护士顺着我的视线看："哦，是昨天晚上收的一个倒在路边的，精神可能有点儿问题吧。她吵闹了一个晚上，还打了陈医生，打了镇静剂才睡了。醒了就把监护和吊针都拔了，问什么也不说，也不让抽血。"

"她干吗打陈医生？"

"陈医生想看看她包里有没有联系方式，还没拿到，她上手就抓，亏得陈医生躲得快。"大约听到我们在议论她，她把视线转向我，紧紧盯着。

我安慰性地冲她笑笑，表示没有攻击性。她突然伸手抓我，我吓一跳，本能地闪开。她激动起来，两手比画着，嘴里"咿咿呀呀"，只是些不成词语的声音。

我镇定下来，凑到她面前，慢慢说："你想跟我说什么吗？"

她拼命点头,一手拉下胸前的衣襟要我看。大家都震惊了:她的胸前黄一块紫一块,都是不同时期的瘀青,明显是受了外伤。

"还有吗?"我还没反应过来,她就一把脱掉了裤子,旁边的病人和家属也被吓了一跳,纷纷投来不满的目光,她全然不顾。护士见多识广,立刻拉了帘子。我看见,她的臀部、大腿、私处,到处都是深浅不一的伤痕,有些都破溃化脓了。

小护士惊呼着,去拿碘伏给她消毒。对于护士,这几近本能,根本不需要医嘱。

我看着她,说得很慢,一字一顿,怕她听不懂我的话:"谁,打的,你?"

她咿呀着,把包打开,拿出一张字条,是随手撕下的报纸一角,上面写着一个电话号码,递给我。她双手比了个心,然后右手握拳重重捶自己的胸口,又做个丢的手势。

心?比心?我不懂手语,但这是人类共同的语言,猜也猜得出。

"是……你爱人?你老公?"

她点头,又狠狠做了几次扔的动作。

"你说是你老公打了你,又把你抛弃了?这是他的电话吗?"

她激动地点头,打开包,拿出一沓照片递给我。

张张都是她,拍着不同的伤口,触目惊心。这不是家暴吗?

"谁替你拍的?"

她比画个手机的样子,指指自己,突然露出一副痛苦的表情,捂着肚子蹲了下去。

我心一动:"你吃饭了没有?"她摇摇头,比出"三"的样子。

是三顿还是三天?都一样,难怪她会倒在路边。

刚好叫了外卖,连忙叫护士拿给她,又去办公室拿了牛奶过来。她居然掏出个小钱包，摸出两张十块钱，递给小护士。护士小姑娘连连摆手，退了出去，又用纸杯打了热水过来。她没再推辞，连喝了三杯水，才开始吃饭。我暗暗责怪护士长：一白天都没想到给她弄点儿吃的喝的。

看她狼吞虎咽的样子，我于心不忍，拍拍她："你慢慢吃，我们替你想办法。"

退到护士站，跟大家商量怎么办。该不该报警呢？小护士说："要不要给她家里打电话，把她接回去？"我暗想，这个家怎么回得去呢？依稀记得有反家暴组织的，哪里看到的想不起来，不是网络就是报刊。也不知道怎么联系上他们。几个小护士查了半天手机，也没查到相关资料。

还是打了110，没有报案，只是咨询了下。110还挺热心的，说要派警察来看看。我们把报纸上的电话号码和她拍的照片传给了警察。到底安心了些，总算为她做了些什么。

第二天下午，我上专家门诊。小护士打电话给我："胡主任你知道吗？那个女人自己走了。"

一问，那个女子趁中午家属送饭的时间，门禁管理不严，不声不响地离开了。

挂了电话，我呆坐着，想这个同我年龄相仿的女子。不知道她到哪里去了，也不知道以后会怎么样。她经历过什么，是有家回不得，还是已经无家可归？

而我，作为萍水相逢的人，除了给她一份免费午餐，为她打过几个电话，还能为她多做些什么呢？

## 过度诊疗，看的是你的心病

现代社会，随着科技进步，医疗水平也逐渐提高，越来越多的疾病可以得到救治。可人是最高级的生物，也是最复杂的物种，人类对自身疾病的认识依旧是沧海一粟，还是有许多疾病没有很好的办法去诊断和治疗。在临床工作中，排除了重要脏器损伤后，对于不影响生命安全的一些不明原因的症状，医生的原则多半是对症治疗，症状缓解后则不再追究。

在带实习医生的时候，我对他们这样解释过："就像谈恋爱，你努力地追求一个女生，追得她爱你了，OK，那就好好恋爱吧。你非揪着人家问：你为什么以前不爱我？你为什么现在终于爱我了？你以前不爱我的原因是不是一二三四五，现在爱我的原因是不是六七八九十……你们说，会怎么样？"

实习医生们都笑了。

有个男生稍微有点儿不好意思地说："胡老师，我就是这样和初恋告吹的。"

这下,所有实习医生笑作一团,我也忍不住"扑哧"一声笑了出来。

可有些患者,像这个男生一样,有着不屈不挠的精神,不追根求源誓不罢休,让医生很苦恼。

我最近就被几个患者搞郁闷了。

一位中年妇女,咽痒、咳嗽、左侧胸部阵发性疼痛,先后在各家医院做了喉镜、胸片、肺CT、心电图、心脏彩超,包括抽血化验等各项检查,只发现了咽喉充血,其他检查都是阴性的。她不放心,找到我,我询问了病史、体检结果后觉得就是慢性咽喉炎、肋间神经痛,劝她不要再查了。她一脸不相信:"没病怎么会疼呢?"坚决要求继续检查。

做了冠脉CTA,完全正常;请呼吸科主任做了支气管纤维镜检查,也没有任何阳性发现。我心想,这下可以放心了吧?谁知,她态度强硬地说:"我不相信我没病,你们查不出来,我就算把胸打开了,也要查个明白。"气呼呼地走了。

我目瞪口呆:没病难道不是好事吗?非得安个病在身上才能安心吗?

过一会儿我叹口气,好歹没找我们扯皮。只可惜她白白花了那么多钱。

另一位小伙子,心慌,总觉得自己心跳快。做了四五次24小时动态心电图都没问题;心脏彩超和冠脉CTA正常;甲状腺和肾上腺检查都正常。不知道听谁说的,要求做食道电生理检查,找到我。我看了他所有的资料,听了他的诉说,觉得没有必要做,建议他吃点儿减慢心率的药,加点儿谷维素之类就够了。他拒绝,说都没有查清楚,吃什么药?万一有恶性心律失常,没有发现,哪一天心脏停搏了怎么办？明摆着百度了，照本宣科，把病往身上套。怎么劝都没用，没办法，做了，结果还是阴性。

他拿着检查报告，问我，还有什么更先进的检测手段吗？我斩钉截铁地说："目前国内没有。"这一下，总断了他的念头吧？

人家来一句："我的病我清楚，实在不行，我就带一年的心电监测，总会抓到有问题的心电图。"

还有位小伙子，也是说胸痛，劈头一句："医生，我觉得我是气胸，你给我拍个片子吧。"把我都逗乐了，开玩笑地说："你既然知道是气胸，还找我看病干什么？"说实话，看着他就不像得了气胸的样子。

听了肺部，没有问题。拍了片子，做了心电图，一切正常。给他看结果，他挠着头自言自语："明明像气胸啊！"

我终于忍不住问他："你在生活中见过气胸患者吗？"

他一呆："没。"

"那你的像，是和谁比较出来的？"

我问得太直接，他有点儿不好意思了，支支吾吾地说："可是我的症状，跟网上说的气胸症状真的一模一样……"然后再三跟我确认，"医生，气胸拍片子看得见吧？"

我只差没拍着胸脯担保了，他绝对不是气胸。

小伙子半信半疑地走了。

这样的病例不胜枚举。

医生自然会认真诊治每一位病人，也希望病人配合检查治疗，可过度的诊疗看的就不是病了，而是心病。

## 一毛钱省不下十几万

在网上看新闻。

一个刚出生不久的婴儿,肚子胀,大便不通畅,到某医院就诊,医生说必须立刻手术,手术费要十几万。家属骇然,转到另一家医院,医生只开了支开塞露,而开塞露只要一毛钱。

家属气愤,向新闻媒体爆料,新闻曝光后,群众哗然,纷纷指责医院无德。

身为医疗行业中人,我暗觉此事蹊跷,但真相难辨,不加评判。倒是另有一个好奇点:有这么便宜的药吗?

在我们医院自己的处方里找了几种药,列举如下:通便的开塞露 0.58元/支;助睡眠的舒乐安定片 0.45元/片;抗感染的青霉素针 0.50元/支;治疗心脏病常用的硝酸异山梨酯片 0.026元/片;利尿的氢氯噻嗪片 0.011元/片;哮喘病人常用的氨茶碱针 0.18元/支;治疗痛风的秋水仙碱片 0.39元/片……但药房已经很久没有存药了……当然还有许多便宜的药,可以治疗各个系统的疾病,大家不熟悉,我也就不一一列举了。

查看之后,有两个感想:

一是,我常常开非常非常便宜的药,没有病人感激我,我也不觉得自己伟大,只是正常使用而已。反过来,我也经常开非常非常昂贵的进口药,因为治病必须要用,我也不觉得自己黑心。对症下药而已。

二是,我知道咱们国家有专门生产青霉素的制药公司,出厂价就要一百多元一支。据说是不用做皮试的,因为纯度高;全部出口,国人用不到。

我曾问过这家公司:"为什么不进入国内市场?"药方白我一眼,问:"不过一支青霉素,多少钱病人能接受?卖两百,扣除中间环节,都已经是零利润了,哪个病人不觉得是天文数字?唾沫星子都能把我们公司灭了。卖低了——我们疯了呀?做企业就是为了赔钱的吗?"我们都无奈地沉默了。

话说回来,那个一毛钱治病的故事,后来因缘巧合,我无意中知道了。

我的一位同学努力上进,在某高级医院外科工作。一次收治了一个巨结肠的婴儿,就是一毛钱治病的主角。他出生不久就发病,辗转各地,求医无果,大多数医院都要孩子做手术,且手术费昂贵。家长一是不甘心,总觉得这么小的孩子就要开刀,太可怜了;二是多少舍不得,新生儿还没来得及有医保呢。你来看病,手术不肯做,医院总得先给你解决下痛苦吧?就开了开塞露——正符合了家长的心意。这件事就这么宣扬出来了。

但问题还在呀,根本没解决呀,看着这么小的孩子痛苦难忍,家长怎么也不能惜财不惜命呀!问题是在当地,他们已经是名人了，大医院恨不得把他们都加进黑名单，他们自己也不好意思再回头找被他们骂作"黑良心"的那些医生。于是，他们默默离家，到外地大城市的大医院做了手术。

我赶紧问同学："结果怎么样？"

同学说："还不错，不错，孩子不用再遭罪了。"

我无意评说新闻媒体在这故事中的作用，我只是想：作为没有医疗常识的大多数民众，在求医问药时，在听取多数医院的医疗意见后，是否可以更尊重专业人士的职业道德和职业能力呢？哪里有那么多偏方、小窍门呀？

有一句话，我最近听过的：捷径，是最长的道路。用在这里，大概就是，偏方，是通往更多更长久痛苦的快车道。

## 好教练与好医生

在报名学车前很久,我就听说了许多关于驾校和教练的事,所言及的无非是驾校宰得黑,教练脾气暴,花了多少冤枉钱,受了多少委屈。听了也就听了,与我无关,没往心里去。

终于有一天,我因为腿疾不能久站,决定学车了。蹭主任顺风车时,闲聊给他听。这个老好人沉吟了一下,说:"反正你做好心理准备。"再无他言。

我回味这一句话里的五味杂陈,暗自掂量我撑不撑得住。

我还是鼓足勇气去报名了。那是个公交驾校,我在那条路上来来回回至少有三十年了吧,它一直在,是培养公交司机的,现在也教C照。选了它,第一是图个近;第二是想:人家连开那么大公交车的司机都培训得好,何况我这种开小车的。

驾校门口是一间小小的报名办公室,我推门进去,里面只有一位五六十岁的老人,一面墙上贴满了介绍教练的照片,全是劳模、标兵,我肃然起敬。老人接待我报了名,很热情地说:"我带你看看环境。"一路闲聊着,我说担心年纪大,学不好,老人说:"没关系,学得慢就学久点儿,熟练了再考试,不要跟别人比,更不要跟年轻人比,只要自己每天进步一点儿就是好的。"他的话让我心安了好多。

顺利通过科目一,我要摸方向盘了。

第一天报到,七八个人围在一起学倒车入库,都是一二十岁的姑娘小伙子,旁边站着一个黑脸汉子,手里拿着一根木棍,不时指指点点:"哎哎哎哎,怎样教你们的?学了就忘!右,右,右,打死,打死,把盘子打死!走!"别人告诉我,他就是乐教练。

我战战兢兢地靠近他,小声说:"老师,我是新来的。"

他眼睛只盯着那辆车,眼角都不瞥我一下,大手一挥:"等一下。"

我就一边等着去了,也不知道该干什么。

看着别人来来回回,心里犯愁:他们都年轻,正是脑子最好记忆最好的年纪,都学得磕磕绊绊,我肯定学得最慢。

正想着,乐教练过来了,把车喊停,对我一指,还是眉毛也不抬:"你上去。"

我惶恐地退了一步:"可我什么都不会呀!"

他突然"哧"地笑了,抬头说:"要会了,你还来找我干什么?"

我也乐了,上了车。坐在方向盘后面的感觉真好,就是手脚都不知道往哪里放。乐教练也上了车,坐在我旁边那个位置上(后来我才知道那个地方叫副驾驶),说:"来,先调座椅,系安全带。踩踩刹车,再踩踩油门,找找感觉。"我低头东张西望,既不知道怎么调座椅,也看不出来刹车油门在哪儿。想:先系上安全带吧。

使劲一拉,安全带纹丝不动。

教练看着我的窘样,安慰我说:"不要紧,刚开始都这样,慢慢来。"他很耐心地告诉我如何调座椅,如何系安全带(使劲反而拉不动就是在急刹车时保护用的),油门和刹车在哪里……

下一步,他教我挂挡了,前进挡,后退挡……我打断他:"老师,我学的是自动挡,怎么还要换挡?"

他愣住了,大概没有想到还有人问这么愚蠢的问题,过了一会儿才反问我:"你以为这是声控车?那我问你,你开车开得好好的,旁边的人,比如你屋里的人,说往后倒,那你怎么搞?"我自己想到那样的场景,也觉好笑。

走了几个直线后,我意犹未尽地下了车,教练说:"想学车,先练好打方向盘。"于是那天剩下的时间我都在练习打方向盘,到最后,手臂都酸了,就像托举过哑铃的感觉。真好,又练了车又瘦了手臂,一举两得。

第二天跟同事说,我觉得我的驾校老师挺好的。他们都说:"走着瞧。"

走着瞧就走着瞧。那一天是2015年1月21日,我平生第一次坐在司机位置上。

看教练开车简单,真正自己上车练时还真是挺难的。一开始,我根本找不到感觉,觉得完全按老师说的做了,可就是到不了位,老是发急地问教练:是不是应该这样,应该那样。教练先还耐心解答我,后来只回我一句:"你想多了。"我一愣,不琢磨清楚怎么知道正确的方法呢?我不解地看着教练。

乐教练突然说起了古文:"学而不思则罔,思而不学则殆。"冲我点头,再加一句,"勤能补拙。"哇,我由衷地竖起大拇指,太牛了，不仅会引用古文，还引用得恰如其分。

后来，我常常有机会聆听教练的古文今用，我自认为是文学爱好者，没想到在驾校找到了一位古文老师。

每次去，都听见教练吩咐这一批那一批哪天哪天看考场，去考试，他们也就只比我早来两三个礼拜。

我很担心，问教练："我是不是年前也要考？"

他斜我一眼："你觉得你行吗？"

我赶紧摇头。

他说："是啊！我又没催你考，你学得慢，就慢慢学，不要跟别人比，比自己有进步就好。"

我心一动，跟报名时那老人说的一样，这一下，心彻底踏实了。笨鸟先飞，我给自己下决心，只要有时间就去练，找感觉。

那天大雪，真是冷，我犹豫半天不想离开温暖的屋子，又担心天气太差，老师不愿意教，给乐教练打电话。教练就两个字："来吧。"到了驾校，一片白茫茫，几乎没有学生，教练正在铲雪，见到我，只说："车子已经预热好了，天气不好，注意点儿。"没一句抱怨的话。

那个下午，我把所有的项目都学到了，而且，终于找到了开车的感觉。临下车开门时，才注意到，原来教练替我开了空调。我说呢，车窗都是开着的，可是开车时一点儿也不觉得冷。我还以为现在自己情绪太紧张，感觉不到冷热了呢。这一刻，真是从手指尖暖到了心里。

下次去，旁人都跟我说："教练表扬你了，说你能吃苦，肯练，要我们向你学习。"虽然不是亲耳听见的，我还是受到了莫大的鼓舞。再后来，有一天乐教练突然问我："你想不想年前考？"

完全出乎我的意料。

我问他："我行吗？"

"我是有合格率的好吗？不行我会要你去？"

我大喜："好，考。"暗想，绝不能把乐教练的合格率拖黑。

于是我报名了2月15日科目二的考试。办公室负责报名的老师说："没想到你这么大年纪了学东西这么快。"

我说："多亏我有个好老师。"

这篇学车记，跟医院无关，但也给了我很深的启示。

我从医学院毕业出来，就基本上没再做过学生。这一次学车，又一次让我感觉到了那种"什么也不会、两眼一抹黑"的感觉——就像我的病人们一样。经常，我诊病的时候，也要给他们上些科普课，讲一些治病或者保健要注意的常识，难免也会出现"我讲得口水直溅，听的人不以为然"的情形。大概也有病人问过我笨问题，我也不是每一次都能耐心解答。

但是这一次，轮到我当笨人了，我的教练对我的耐心，让我惭愧。

还有，我经常听到病人对医院或者医生的抱怨指责，心里很冒火，觉得：我对你们尽心尽力，你们却把我们当坏人，往坏处想。但是，就像社会上的人对驾校的偏见一样，有坏脾气、贪心的坏教练，也有乐教练这样的好教练呀！那么，我是不是也要先学习修正自己的偏见，再来要求其他人？

反正，我相信，好教练一定会越来越多，就像好医生一样。

生命若如过场电影,
我愿从容结尾

## 那一瓶没有浇下去的开水

我平素都很回避医患纠纷的话题,不是没有遭遇过,而是不愿让这种不和谐的阴影笼罩我的行医生涯,让我每天提防患者,以免被打被杀,甚至最不坏的结局也是成为被告。我想相信世界是美好的,人心是向善的,我想相信大部分患者是能感受到医生的真诚帮助的,这种信仰支撑着我一直没有离开临床工作岗位。

我有不少同事是子承父母业,出身医生世家,刚开始医患矛盾加重那几年,偶然回家聊起医患矛盾,老辈们都说,你好好对病人,病人不会对你们不好;有同事想离开临床,老辈不理解,以为是怕吃苦,说"我宁愿你被砍死都不愿意你不当医生"。

事实哪里是这样呢?随着矛盾愈演愈烈,老辈们都沉默了,只说世道坏了,多小心。

现实是残酷的,我带的组曾遇到过一次严重的医患纠纷:对方雇了大批的医闹到医院,斥骂医生,封锁医院大门,虽然没有大打出手,但推推搡搡还是有的。大家都人心惶惶。

医院明知医疗没有问题，可是对内，还是要求我组各级医生写经过说明，请专家委员会鉴定医疗有无不当之处。压力是巨大的，质疑是尖锐的，我作为一组之长，确信我们的诊疗没有过失，所以态度坚决，摆事实讲道理，内心倒没什么负担，坚信邪不胜正。

值夜班时，与小医生随意聊几句天。没想到她哭出一脸泪花，跟我说："我每天上班都很害怕，门诊叫号的时候手都抖，我害怕面对病人，病人一从包里怀里掏东西我就害怕，觉得会是刀……"

我听得好难过，都不知道怎么安慰。我跟她说："你要不要去精神科开点儿抗抑郁的药，或者……"又顿住，现在医院里医护人员不够，根本开不出病假来。

她继续边流泪边说："刚刚洗脚的时候，水冷了，我想掺点儿热水。把开水瓶一提起来，就想干脆一瓶浇下去，把脚烫伤了就不用上班了。"

我吓了一大跳，特别心疼她。这个小医生是个很温和善良的女子，人长得很秀气，说话轻言细语，业务能力强，对患者细心，态度又好，谁知道会遇到这种事，把她打垮了。

我摆出长辈的架子，严肃地说："你千万不要有任何这种想法。这只是工作，你认真做了，对得起天地良心，就行了。你不能为了这种无耻之人做的坏事，自己也做坏事。你伤害自己，只是亲者痛仇者快，一定要坚持，要坚强。"

最后我也发了一句狠话："最不济我不干了，不当医生也能活。"

她听了我的话，现在还是名好医生。

## 好水能当得好药

闲来无事，跟病人家属聊天，那是一位很苗条的女子，四五十岁的样子。女人嘛，坐在一起，总是家长里短、养生保健，等等。无意聊到血脂高的事，我很欣慰地拍拍我的大肚腩，说："幸亏我的脂肪都长在皮下，血脂倒不高。"想起最近流行的笑话，我又加了一句，"我就像一只健康的小海豹。"

她先是"咯咯"笑，笑完了叹口气："唉，当年不懂。我在水务公司上班，三班倒，常年带饭吃，最喜欢吃菜汤泡饭。我十七岁上班，五十岁退休，干了三十三年，这样吃了三十三年，好咧，退休了，发现血脂高了。"

血脂高是中老年人常见病——严格来说，都算不上病。我只是好奇："水务公司要倒班干吗？"

她很自然地说："监测水质啊！每天都要定时查看各项指标，酸碱度啊、细菌数、矿物质含量啊，还有蛮多，什么放射性啊，浑浊度啊，毒性啊……"她如数家珍、滔滔不绝地讲着，我有些听得懂,有些听不懂。

待她告一段落,我请教她:"你是专业人士,你说老实话,我们现在饮用水到底安不安全,要不要安装净化水装置啊?"

她一副"瞧你们这些外行人"的模样,耐心教育我:"就是当年喝东湖水的时候,那该污染吧?处理过都没得问题,何况现在采用的都是长江水。没有事,够安全。"

我打断她:"长江水都是黄泥巴一样的颜色,吓死人的,这样的水怎么就安全了?"

她嘲笑我的无知:"你以为是从江面上挖一瓢水就给你喝呀?都是在江中心取水的。你知道吗?枯水季节,取水船都要开到很远的江中心,把泵伸入很深的江水中心取水,取回来的水先经过各种反应、沉淀、三层过滤净化,然后是消毒,各种检验、化验,都合格,才能送入送水泵房,把水压提高,通过管网,才到你家里去的。"

我恍然:"你就是监测这中间的各个环节的?"

她得意地点点头,"跟你说,我们现在执行的都是直饮水标准,你打开水龙头就可以直接喝的。"

我听了有些感动,说:"这样说来,水厂和药厂一样。药厂也是从一些看上去很脏很不起眼的东西里取材,然后各种方式提纯,最后才能入病人口里、病人血管里。"

她连连点头:"你讲得对。中国人讲,病从口入,其实病也从口出。好水真是能当得好药的。"

能当药的水,那该是多么珍贵?

我想到我每天哗哗放的洗澡水、洗菜水,还有冲马桶的水……内疚起来:这么辛苦得来的水,就这样被我白白流走了。又想起唐朝诗人李绅的《悯农》：锄禾日当物，汗滴禾下土。谁知盘中餐，粒粒皆辛苦。小朋友都会背的诗，突然有了真实的含义。也可以说，谁知杯中水，滴滴皆辛苦。

我要去查房了，站起身，她也起身，叮嘱我："胡主任，不管多忙，一天八杯水是要的。多喝水，不生病。不要听广告讲保健品是什么'天地精华'，水就是天地精华。"

我笑着用她的话回应她："是的，好水能当得好药。"

## 在奔跑中呼吸

过年期间,连续发生了三起医生倒在工作岗位上的事件。都是刚参加工作不久的医生,在连续高强度工作中,突然心搏骤停,虽经全力抢救,还是失去了年轻的生命。花一样的年龄啊,别的年轻人都在忙着谈恋爱、逛街、聊天、紧跟时尚;而身为医生的他们每天面对的都是看不完的病人,写不完的病历,处理不完的突发事件,永远没有固定的速战速决的吃饭时间,随时等待呼唤的睡眠时间或者根本没有睡眠时间,直到自己成为突发事件,而他们的父母一生只拥有永无止境的悲痛。

鞠躬尽瘁,死而后已,多么悲壮的一句话,却是他们真实的写照。其实,类似的事件已经发生了无数,曾有一家同行医院在两个月里倒下了三个医生,都是在做手术时发的病,两死一残。

大部分医生都毕业于医学院,彼此互为同学、师兄弟姐妹,偶尔聊天难免会传递消息。即使是陌生医生,在医疗网站上知道他们的噩耗,也往往会发现:呀,他与普外主任毕业于同一学校,是校友。或者，他在这家期刊上发表过论文呀，巧了，我的职称论文也发表在这家期刊上。总之，总是能找到千丝万缕的联系。

所以，同行医生们的猝逝，每次都让我心情沉重，就像看到自己的兄弟姐妹遭遇不幸一样。为同行哀伤之际，也为自己的生存现状悲哀：该怎么办呢？不做医生？怎么舍得下这么多年受的训练、掌握的知识？怎么忍心拒绝那么多病人祈盼的眼神？放弃无法轻易说出口。

有时候，和同行朋友们聊天时，彼此感慨医生生涯就像被放在高速运转的履带上的小白鼠，只能拼命奔跑才不会掉下来。但总有一天会精疲力竭的，到那时该怎么办呢？

大家都一筹莫展，唯有互相鼓励："一定要坚持住，加油！"再加一句："到退休就好了。"

其实，心里也知道，退休也未必好得了。医院里多的是手艺精湛的老医生，退休多少年还返聘呢。我跟他们说过，他们坦白："也不是为了钱，就是一身好本事，真不舍得就白白浪费。就像藏了一把宝刀，不用不用，渐渐它就锈了，就是破铜烂铁了。"

大概是这个原因，我无意中看到一本书，书名吸引了我，叫《在奔跑中调整呼吸》，作者是一名中央电视台的记者。书里说："以前我总觉得奔跑最辛苦，最考验人；现在我觉得调整更难，因为调整意味着在新闻以秒杀计算胜负的高压锅中能坦然应对压力，意味着在重大的、复杂的、敏感的、突如其来的新闻事件中能平衡把握，调整也意味着经常要问问自己，与国家台的位置相比，我的努力足够吗？我的水平配得上吗？"

这是在说新闻工作者，用在医疗工作者身上，同样适用，这不也是我们工作状态的真实写照吗？我们常年在病房与手术室奔跑，在门诊与急诊之间奔跑,在种种突发事件之间奔跑,在学术课题与职称之间奔跑,身体和精神都顶着巨大的压力,呕心沥血,精疲力竭。而医疗工作者不是在调整呼吸,是尝试着在奔跑中还有时间、有精力呼吸。

做医生,时时要拼命,但也时时要学会放松,争取长命。

《在奔跑中调整呼吸》的序里,还有一句话,让我回味了很久:"以职业精神赢得荣誉,以专业追求捍卫尊严。"说得太好了!

我以这句话送给我的同行们,希望大家都能在奔跑中呼吸着,生活着。呼吸最简单,也最难,难在不容易坚持一百年。

总之,我再也不想听到任何同行在盛年就停止呼吸的消息了。

## 白衣调解员

上夜班的晚上，小医生又恼又好笑地走进办公室，跟我说："胡老师，你说邱婆婆是不是疯了，我问她身体感觉怎么样，想给她做个体检，她居然拉着我的手，求我陪她睡觉。"

邱婆婆是老病号了，一年总要住几次院。她老伴照顾得挺仔细的，每次喘得都像要熬不过去了，又都好好地出院了。是说胡话吗，难道这次真的不行了？肺性脑病？她老伴哪里去了？

我一边脑子里转着种种念头，一边站起来准备去看看邱婆婆，嘴里不忘调侃小医生："反正她看中你了，每次来都要求住你的床，这回你也住次她的床。"小医生露出一脸骇然的表情，我忍不住笑了出来。

一进病房，就看见邱婆婆一脸警惕地坐在床上，脖子上挂了个老式黑皮包，被她紧紧抱在怀里。不知道是病发了还是激动，喘得厉害。我连忙上前帮她把氧气导管戴上，跟她打招呼："婆婆，你这是干什么呀？老伴呢？"

邱婆婆很紧张地说:"我跟你说,胡医生,有人要害我,抢我的钱,我把存折、户口、土地证都藏在身上,我怕睡着了。我明天就去我姐姐家。"说得语无伦次,我也听得一头雾水。

旁边床的婆婆解释说,邱婆婆村里要征地,儿子要拿她的户口本帮她签字,说还要搬回来一起住,老伴也同意了,父子俩就一起来跟邱婆婆说。邱婆婆一听就炸了,怀疑儿子和老子串通好了算计她的钱,不给她看病,还要把房子拿了,不给她住。她指着儿子的鼻子骂,儿子一看这架势,拔腿就走,远远扔一句话:"等您想明白了我再来。"

邱婆婆就不吃不喝,死活逼老伴把所有证件拿到病房来,全揣在自己怀里,然后就赶老伴走,让老伴通知她姐姐明天来。

邱婆婆气恨恨地说:"我跟你说,老公、儿子,都是外姓,关键时候,还是要靠娘家人——可怜我没生个女儿。胡医生,你妈妈真有福,三个女儿,我哪怕有一个也不会让人欺负她老妈。"

我差点儿笑软了,我只听过那种重男轻女的人说老婆、女儿是外姓,果然男女各占半边天,对于女人来说,老公、儿子也全是外姓。还有,她都七八十岁的人了,她姐姐该多大了啊,八九十?能不能自己到医院来都是问题,还能帮她?

我和小医生面面相觑。还得劝她:"婆婆,您老伴平时对你那么好,怎么会不管你呢?你儿子要和你一起住还不好?有人照顾你,你不要瞎想……"说了一大堆。

她只管摇头,愤愤地说:"一起住有什么好?哪个儿子不是娶了媳妇忘了娘的。谁是他老娘?媳妇是,他自家的儿子是,亲老娘没几天就被赶到茅草棚里了。"

再怎么劝,她都摇头,也不肯睡觉,声称要抱着皮包坐一夜,看哪个坏人能下得手。

我吓一跳：心血管病的病人，熬夜不睡可太危险了，出点什么事谁也担当不起。可是嘴都讲干了，邱婆婆跟吃了秤砣似的铁了心。

没办法，只好让管床护士去叫护士长。还是护士长会说话，一阵风地进来，先就说："邱婆婆，您往上看，看到监控探头没？要有坏人进来，护士站看得清清楚楚的。还有呀，门口有二十四小时保安，病房里随时巡视，您放一百个心，只管睡，出了事我负责。"说着，用白嫩的手掌拍了拍胸口。

邱婆婆应该也是困了，打了个哈欠，就势点个头，躺了下来。

出了病房，我长叹一口气："现在这社会，只要摊上钱的事，人都六亲不认了。"

护士长下面有个小护士都是来自附近农村，此刻说："也不怪邱婆婆瞎想，这种事儿，村里还是有的，开始都是讲一起住，住着住着，就闹矛盾，打啊吵呀，以前都是恶婆婆，现在反过来，都是恶媳妇。村干部也解决不了。唉……"她一句话总结，"老人遭罪呀。"

这总不是办法，还是给邱婆婆家里打了电话，她老伴也没办法，说儿子媳妇从结婚前就说不和老人住，平时来家也少，现在突然这么说，是有嫌疑。他心里也明白，但是，他说："再不争气，也是儿子呀，好声好气地跟她讲，求着她，她就是不答应，我也没办法呀！"

不过她老伴说，已经和邱婆婆的姐姐打过电话了，她答应明天过来。

第二天，邱婆婆的姐姐来了，是位个子小小、精神矍铄的老太太，把邱婆婆的老伴和儿子都叫过来了，还请了村书记，开会讨论。最后统一意见，还建房给儿子，另租一套房子给老人住，由村委会监管一部分钱，负责老人每月开支。大概如此。

邱婆婆终于笑眯眯地出院了。

小医生还是第一次经历这样的场面，向我啧啧称奇："医院还能兼任街道调解办呀，以后不要说什么白衣天使了，叫白衣调解员好了。"

我说："你是没见过以前，穷的时候矛盾更多，治不治病，怎么治，都得开会。你想想，人命关天的事情，恨不能投票！病人就躺在床上，看着大家讲给不给他留条命。现在附近的农村富了，这样的故事也越来越多，哪个月没有三四次？虽然钱钱钱的也很烦人，总比命命命的好。"

小医生说："那还是时代进步了，能用钱解决的问题就不是问题嘛。"

## 实习医生

每年我都会带不同的实习医生,看到他们,我不断回想:难道当年的我,也是这样什么也不懂吗?真是累死老师们了。

有一次,有个实习医生的病人血钾比较高,我就叮嘱他:"这个病人血钾高,有心脏骤停的可能性,你要小心。"

我以为我已经说得很充分了,但我就没想到,他不知道该怎么"小心"。第二天,他黑着眼圈来找我:"老师,你让我小心,我一晚上没有睡。"

我大感不解:"你又不是陪护,一夜不睡算什么小心?"

"不是,我就在想,万一停跳了怎么办呀?"

"抢救呀!"

"怎么抢救呀?"

"心肺复苏术呀!你们没要求背吗?背给我听一下。"

他整个身子一跳,就像突然在课堂上被抽查一样,吓得不知所措:"我们要求了,但我不会背……老师你背一下吧。"

这算回马枪吗?看他一脸真诚,好像也不是恶意。我怒视他一眼:"我当然不会背。但我会做!"

我向朋友吐槽,朋友是我的大学同学,当然也是同行,现在是神经内科医生,她说:"哼,你忘了你年轻时候的事儿吗?"

她一说,我倒真想起了一件。

不记得是哪一年的事了,反正当年我上班没几年,刚从住院医师转成门诊医生。

有一次,门诊来了一位年轻的大学生,心跳极快,诊断为频发室内早搏。我用了各种办法,也不能令他的心律失常消失。到最后,我慌了,自己也心跳过速了,大学生显然比我慌得更狠,频频问我:"医生,我会死吗?我会吗?"

我含糊地安抚他一下,赶紧回办公室去翻书:风湿性心脏病、心肌炎、药物中毒……可能性太多了。我真心不敢留他在我手里——转院吧。我到诊室盼咐大学生:"你别动呀,千万别动。"他很听话,躺着一动不动。

当时,120体系尚未建立,各医院转运病人靠的都是自己的急救车。既然是我的病人,我当然就随车。老诊楼连电梯都没有,我和几个医生护士一起吭哧吭哧把大学生弄上担架,他抱歉地说:"医生,我是不是太重了?"

我搭把手把他抬下楼,抬上车,在车上随时都怕他心脏停搏,不时就捉住他的手数脉搏。幸好省人民医院有电梯,不然真要扛死我了。

我胆战心惊地跟他们心内科的主任介绍了病情,也说了我的怀疑。"算初诊结论?"主任问。我说:"只是怀疑,没有结论。"

主任看了眼心电图,看了眼大学生,在大学生肩上拍了一下:

"小伙子，起来，去，再做个心电图。"

大学生和我一样大吃一惊："不是叫我不要动吗？"主任不以为然地说："我说让你去做，你就去做。"大学生"噌"一下翻身下地，"噔噔噔"去心电图室了，那一个健步如飞。

我……都不知道说什么好。这一趟累得我，腰酸背痛腿抽筋，一背的汗。

"他到底是什么病？"

主任说："哦，年轻人运动呀，烟酒呀，情绪激动呀……很容易早搏的。再说他可能比较敏感，医生紧张，他也跟着紧张，就越来越快了。"

然后省人民医院的主任就把大学生打发回家了。我还得腆眉耷眼跟主任道谢加道歉："谢谢您了，给您添麻烦了。"

主任说："没事儿，小医生就是这样的，遇事沉不住气。以后你见多了病人就好了。医生嘛，说穿了就是熟练工种，心动过速的病人你接过千儿八百了，就有经验了。"

到现在，我没统计过，但毫无疑问，主任说的数字我达到了。

而我，也不算小医生了。这样想起来，要感激每一位给我增长经验的病人呀！

可能是因为记得自己年轻时候的事儿，我很少批评我的实习医生们，我想，他们将来肯定会比我强，强很多很多。

## 三姐妹

我妈看一位作家的文章,提到他们家三姐弟,一个搞金融,一个作家,还有一个是医生。我妈很羡慕,跟我们仨说起:"瞧人家培养的。"我们三姐妹都笑了起来:"嗨,您姑娘不也是一个在银行,一个给人看病,一个在家写字吗?怎么就比别人差了?"我妈一想,也是,自个儿也笑了。

说起我们家姐妹仨干什么的,原先最体面的应该是我,谁家不想自家有个医生?方便看病,说起来也好听。可我这个医生在我们家毫无地位。从当年轻医生开始,就受抱怨——我会看的病他们不得,他们得的病我不会看。每次他们问我关于某某疾病的问题,或诉说他们身体上的某些不适,我基本只有一句话:"去看医生。"

他们常常很诧异地问我,你不是医生吗?我哭笑不得:我不能包治百病啊,什么皮肤长个包,喉咙卡个刺,我也不会呀!

他们也急了:"那普通的感冒你总能治吧?来,开个方子我们去拿药。"

对不起，还真开不了。

咳嗽？去拍个胸片。发烧？去抽管血验个血象。一个内科医生能干吗？只能听听、看看、摸摸。我经常要给他们解释："我没法亲眼在显微镜下面看细菌，我也不会操作X光机。我连打针都不会，那是护士的事儿。"

他们说："那你会什么？"

我说："我会看片子和化验报告，我能下单子告诉护士打什么药，打多少，怎么打。"我只能依附于医院，才能发挥作用。

我们家人原先还觉得有个医生在家不错，后来看穿了，有病根本懒得跟我说，自己到医院打针吃药，或者找我遍布在各个科室的同学们，请他们帮忙解决问题，回来跟我说，你看那个谁谁谁，多有本事，水平高，难怪已经是副主任医师了。我又好气又好笑："难道我还不是副主任医师吗？我的病人还不是夸我水平高？"不过这种事儿，远香近臭，虽然我的家人不信服我，但她们的朋友同事生病了，也都带到我这里来，有些运气好，药到病除了，连我的家人都觉得脸上很有光，衷心地跟我说："原来，你也会看病啊！"

其实就内心来说，我不给家人看病，是害怕。因为太了解疾病，所以害怕家人生病，所谓近乡情怯吧。我完全不能客观地分析他们的疾病，如同对病人一样，我总害怕是最坏的结果。但我信任我的同学们，所以托付给他们。

而我妹妹，那位坐在家里写字的，才是我们全家的骄傲，每次同事朋友激动地冲过来说那谁真是你妹妹吗？我可喜欢她了，从小读她的书长大，好羡慕你是她姐姐啊！我总是特别得意，我姐也是，每次送客户礼物都是我妹妹的书。可其实，爱看她的书和跟她生活在一起，好像并不搭界，就像钱锺书先生说，你吃鸡下的蛋，可并不需要去看那只下蛋的鸡。

顶梁柱是大姐，这是毋庸置疑的。搞金融的，头脑清晰理智，任何问题到她手里，一、二、三，有分析，有判断，有决策。按外人的说法，是我们家最拿得出手的。非常现实，不像我俩，喜欢些不切实际的东西，文艺啊，美术啊，音乐啊……她手一挥："都是空的。"她喜欢实用的东西。

不过一次，我跟妹妹边聊边听歌剧，我大姐进来了。第一句话居然是："这是什么歌？还蛮好听的。"我跟妹妹呆住了，这是她从不涉足的领域，居然说好听？我俩异口同声："你什么时候开始觉得歌好听的？"我大姐心满意足地说："当我股市赚钱的时候，我听什么都好听。"

也好，心情好，百病不生，就不用我这个医生忙活了——希望一辈子，也不要用医生这个身份为我的家人忙活呀！

## 严医生是怎样炼成的

科室新来了位医生,是从美国回来的博士后,一直做研究。主任让我带他,告诫我:"别看高他,虽然他SCI论文发表了十二篇,可从来没在临床待过,一张白纸,还不如我们的实习生。你临床经验丰富,好好带出个临床医生。"

就这样,严博士跟了我。我得意扬扬:"多亏严博,我也当了回博导,带博士后了。"

带严博查房,滔滔不绝地讲了一通,如何诊断,如何治疗。严博听得认真,频频点头,回到办公室,要改医嘱了,他两眼盯着我,一片茫然。我奇怪:"你改医嘱啊!"他很诚恳地反问我:"你说改什么?"我晕,白讲了。

主任安慰我:"他大学实习时接触的那点儿临床,十几年,早忘了,药名都不懂,你要教他,就从发病机理、病理生理角度讲,他就懂了。"我大学时学的那点儿发病机理、病理生理,二十几年,忘是没忘,但让我用专业术语清清楚楚地讲出来?

我想了个主意，下次碰到心律失常的患者，我就说："严博，给我讲讲这种心律失常的发病机制。"到底是做基础研究的，他立刻长篇大论地开讲，关键时刻我就喊："停，你现在讲的机制就是咱们要用药的原因。"

是个好办法，我复习了病理生理，他学习了理论和临床相结合，皆大欢喜。上次看到我妹妹的书架上有一本书，大概书名叫《孩子是父母的家长》，放在这里，就是"学生是老师的老师"。

严博来了没多久，一次值夜班，护士喊他去看病人，说喘气不舒服。我不放心，他前脚走，我后脚跟着他就去了。走到门口，就看见病人坐在床上喘气，应该是急性心衰发作了。我连忙边掏听诊器往里冲，边喊护士推抢救车来。严博跟我擦身而过，我奇怪："你干吗？""我去开检查单。"就跑掉了。我目瞪口呆，又暗自好笑：抢救病人呢，怎么能离开病人？这么紧急的时刻，你去开检查单？到底是博士，想问题跟我们不一样。

交班时，严博事无巨细，一一道来，半个小时后，主任抬手看看表，叹口气。回头叮嘱我："你告诉严博，交班不是做学问，不要用科研思维……"然后欲言又止，摇摇头，走了。

我看他搞临床很难，自己累，天天加班看病人、写病历、翻资料、练操作，忍不住问他为什么不在美国做研究，要回国当医生？他一脸诚恳："我在美国从来没有早上八点前起床，现在也不用做实验，只带研究生，其余时间就写文章，做标书，生活其实蛮安逸。同学都说我是作家，我一想，可不是，天天坐在家里写。我原想通过实验发明出供临床使用的药物，战胜疾病，虽然在动物实验上已经取得显著成果，可即使在美国，穷我一生之力也难以做到三期临床。我的父亲是患病得不到及时救治去世的，我已经三十多岁了，我希望还来得及做些具体的事，能帮助到其他人的家人。得失没那么重要，做自己想做的事就是好的。"他的话让我肃然起敬。我点头："有心的人一定能做到的。"

慢慢地，严博处理病人越来越熟练，喊我帮忙的时候越来越少。我常常跟主任表扬他："刚开始抢救病人，我往病房跑，他往办公室跑；现在抢救病人，他只有一句话：'我来。'不错，出师了。"

我喜欢他，主任也喜欢他，说这小伙子学历高却肯学习，一点儿也不自大。护士们喜欢他，愿意配合护理工作，不摆架子；病人也喜欢他，比一般医生更耐心，更关心、同情病人。

总之，我现在改口称他严医生。

我想，他对得住这个称呼。

## 27.5公里

清明节后第一天上班路上,我一边开着一辆老旧的二手车,一边听交通路况,喋喋不休的男中音诚恳地提醒大家:"本周末是赏花高峰,更有悍马来袭,请大家错峰出行。"我暗自嘀咕:悍马来袭?在武汉车展吗?有那么多人感兴趣吗?不至于堵车吧?

没到科室,就接到通知,马上参加汉马保障培训。我才知道,4月10日,武汉第一届马拉松比赛举办,简称"汉马"。哈哈,此汉马非彼悍马也。

马拉松路程的27.5公里处,是我们的医疗站点。在一座桥的中心,叫风光桥,连接风光村和磨山,横跨东湖。那地方我去过,确实风景优美,有柳树梢轻拂湖水,有飞鸟掠过湖面,有春天的风吹着路人的脸……我想起一件事:"这里有厕所吗?"

当然没有,谁会在东湖之上、小桥当中,修一座厕所?

当天,因为交通管制,早上六点,我们已经出发到了站点。医院准备了丰盛的早餐,牛奶、矿泉水、鸡蛋、包子、蛋糕……但谁也不吃,要坚持至少七个小时啊,没有厕所,连水都不敢喝一口。——有好事的同事打探过,最近的厕所,也有一两公里路走,况且,怎能脱岗呢?

到底是医院里打拼的人,不吃照样精神抖擞,铺开场子,外用药、内服药,消毒剂、血压计、体温表……当然少不了心电图和除颤器。马拉松尚未开始,大家先忙着照了一圈相发朋友圈,再坐下来聊天,都说能跑到27.5公里的,不是专业队也是长期锻炼的,估计没我们什么事。

又说起八卦来:做培训时,带队的陈院长亲自为我们演示了一把心肺复苏,这视频被人放到朋友圈,不知怎的转来转去,让他爱人看见了。他爱人并非医疗界人士,拿着手机就纳闷了:老公这是在干吗?又拿小拳头捶人家胸口,又拿两个碗(点极)往人身上扣……百思不得其解。当时已经半夜了,可怜的陈院长硬是被爱人晃醒,黑灯瞎火里就见手机的屏幕还闪着惨白的光,爱人凑过来让他解释一下。陈院长真吓了一跳,搞了半天,才明白爱人的意思是从科学的角度"解释一下",而不是怀疑他犯了错误,让他"解释清楚"。

我们都笑,说幸亏配合演示那位年轻医生是男的,否则真的解释几下都解释不清了。

8点56分,距开跑一小时二十六分,第一方队的七名黑肤色运动员经过27.5公里处,所有人都大声喊"加油",我们的加油打气声还没落地,他们已经一阵风似的跑远了。眼明手快的小董医生仗着手机是最新款,抓拍到运动员跑过的瞬间,激动大叫:"冠军就在里面。"大家纷纷围观照片,不知哪位评价:"嗯,都像穿了黑丝袜。"

没多久，陆陆续续，更多的运动员经过这里。终于，有人需要我们了。肌肉拉伤、痉挛、擦伤、脱水的都有，大家兴致勃勃，配口服液、喷气雾剂，帮忙拉伸肌肉、缠绷带，总算可以用我们的方式为汉马做些什么了。问运动员们："你们要不要休息一下？"都摇头，或快或慢地又上路了。

小孩上一年级的乐医生说："我应该带儿子来的，让他知道什么叫'轻伤不下火线'，什么叫坚持。"

随着赛程进展，大部队渐渐过来了，寻求帮助的人越来越多，我们几个人已经应接不暇了，同时，呼叫机传来各站点需要救护车的信息。远远看出去，沿着湖边，铺开一大片的黄色人龙，都是一身黄色运动衣的运动员，往近处看，药品正在一点点减少，大家都紧张起来。

人手不够，连救护车司机都手持气雾剂，帮忙做些止痛治疗——不要小看他们，他们很多是老司机，有些常见病一见病人的脸色就知道八九分，甚至胜过一些年轻医生。女医生碰到肌肉痉挛的大汉，也不服自己个子矮力气小，抱着运动员的脚，顾不得脱鞋，拼了命地往上掰。临了，不忘给他们一个鼓励的微笑："加油。"然后才甩甩手腕，说一句："哎呀，掰死我了，今天才知道什么叫胳膊拧不过大腿。"

不仅是我们给运动员以治疗，他们也给我们以鼓励——或者用现在的话说，给我们治愈。我们看到有七十多岁的老人，身上用大字写着"第四次马拉松"；看到坐着轮椅跑步的残疾人，人家用脚，他用手，一下一下像划船，让我想起小时候看过的电影《汪洋里的一条船》；有赤脚跑步的，不知道是鞋不合适还是什么原因。更有一位让我印象深刻的，是他的腿严重扭伤了，我建议他终止比赛，他听完了，站起来拔腿就走，虽然一瘸一拐，可步态坚决。

我说："你走到终点了，只怕人家也收摊了。"

他头也不回："我自己知道我到了终点。"

我想说"你膝盖不要了吗"，没说出口，说也无用。

毫无疑问，明天甚至今天晚上，外科、骨科、运动医学科、皮肤科……估计都会接诊好大一批跑完马拉松的运动员呢。

随着收容车的到来，我们可以坐下歇口气了。大家都兴奋而疲惫，我脱口而出："我的肾上腺素一直在释放。"不知谁插口："那你不会心跳骤停了。"这两句话，只有医生才会说。

大家笑成一团，纷纷表示，回去开始锻炼，争取明年继续做汉马的参与者，也许能换一种方式呢？

这是我的汉马，27.5公里。

## 有知识的文盲

忌病讳医,是普通民众常有的心态。分析无非几种:对疾病本身的无知;疾病治疗过程的烦琐;对疼痛和其他不舒适的恐惧、对死亡的无端妄想;疾病治疗费用的负担,等等。患者这样也还罢了,有时连医生也不能免俗。

我有一个同事跟我同龄,在消化科做胃镜,也坐门诊。他是个技术不错的医生,也是个和善开朗的人,热心肠,整天笑嘻嘻地说些幽默话。他的门诊跟我门对门,我每天听他口若悬河地跟病人讲怎么吃饭、怎么吃药,怎么注意各种细节,打各种比喻,声如洪钟,周围听的病人都笑声一片。他从年轻时就是个胖子,曾给我看他全家的照片,照片上共五个人,除他之外,还有爸爸、妈妈和两个哥哥,五张脸五个身形,简直就是一个模子里刻出来的,都长得圆滚滚的。

最近,他找我量血压,说血压好像有点儿高。量了几次,确实超标了,问他血糖血脂情况,他承认也都有点儿高。再说起来,他的爸爸、妈妈和两个哥哥也是三高患者，都在治疗。

我边缠血压计的袖带边忧心忡忡地说："你可要治疗啊，咱们都人到中年万事休，只有身体最要紧。你一家人都得一样的病，你跑不掉的。运动运动，减点儿肥，少吃点儿，把药都吃上。有时间就到检验科查查，好歹近水楼台啊！"

他冲我摆手："人家都说药不能随便吃，有副作用，吃了停不掉，再说，强行把血压降正常了，血管会失去弹性的。算了，我准备天天吃燕麦，过一段时间看怎么样再说。"

我听得目瞪口呆，这是从临床医生嘴里说出来的话吗？他是怎么天天教育病人的，难道自己都不信？药当然不能随便吃，所以国家才给了医生处方权，让医生决定病人该吃什么药，该怎么吃呀！不用药，光靠燕麦能把病吃回去吗？

但是从医多年，我早知道最难说服的，就是有文化的人，因为他们觉得自己懂。何况，我的同事还真的不能算不懂医。看他一脸的坚持，我没再说话。

好长一段时间过去，他又找我量血压。我打趣他："你又不吃药，天天量血压干吗？量能把血压量低吗？"

他先嬉皮笑脸地说："知己知彼，才能百战百胜啊！"待看到血压情况，叹气了："我天天吃燕麦都要吐了，饿得前胸贴后背，血糖没降，血脂没降，血压也没降，这遭的什么罪？"

我笑，不说话。

他接着吐槽："小胡，我不怕跟你讲，下班回家路上，我路过什么卤肉店、烧烤店、粉面馆，那个香啊，真是要咬牙才能走过去，有时实在忍不住，走过了又折回去，吃饱了，算是舒坦了，再回家吃燕麦。"

我已经笑得不行了，抹着眼泪，还是认真跟他说："我是治疗心血管疾病的，知道太多这病的危害了。真的，你这样不行，到时候出事了怎么办？我们用药这么多年，有什么副作用会不知道？跟你讲，我家里就有人在吃这样的药，我能害自己家人？你听我劝，吃药吧，你到底是怕药物副作用，还是不敢承认自己真的有病？"

他没有回答我，犹豫了半晌，还是拒绝了我，说再看看，还用了一句医疗术语："先观察一段时间。"

连同是医疗行业的人都会如此对待疾病，更何况对医学一无所知的病人。可怕的不仅仅是无知，更可怕的是有知识的文盲。

真的，与其天天看朋友圈，看那些传来传去的健康秘诀，还不如就承认自己一无所知，医生说什么，自己做什么，就当一个医学上的小学生。

## 妈妈是全家人的动脉

她站在办公室门口,手里拿着挂号单,客气地对我说:"医生,麻烦你,可不可以给我开点儿针打?"

我接过号单,是呼吸科的号呀!我把号单还给她,说:"呼吸科在隔壁。"

她说:"隔壁医生那病人太多了,我每次打几针就好了,不用看。"

也是,呼吸科门诊向来人满为患,常常有病人跑到我这来开点儿感冒药、消炎药,一般我就叫他们下楼再改个号就行。我把号单收回来,问她:"你为什么总打针,有什么病吗?看你年纪也不大。"

她腼腆地笑着说:"哎呀,都四十岁了,还不老?四个孩子,两个外孙了。我是慢性支气管炎,得了多年了,一年发作七八次,每次打几天针就好了。"

我随口说:"早生儿早得济,那你有福气。不过要注意保暖,锻炼一下，别总发，以后就麻烦了。"边说边戴上听诊器，听她的心肺。

一听就发现问题了：她的心脏有杂音。

我疑惑了，收起听诊器，再问她原来的病情和治疗经过，她讲不清。我劝她做个心脏彩超看看，她先不乐意，可能看我态度严肃，还是去了。结果出来，是动脉导管未闭，属先天性心脏病，她反复气管炎发作，应该跟这种病有关。所幸心脏结构还没有严重改变，做手术还来得及。

我一提心脏手术，她就被吓到了，反复问我："要不要紧？要不要再看看？"

我一边给她开住院证一边安慰她："不要太紧张，情绪会影响病情的。"

她还紧张地问："这病严重吗？要多少钱？"

这还真不算一个很小的病，我沉吟一下，还是说："你下午还是带你爱人来，我给他介绍下情况。"

下午，她来了，身边黑压压一堆人，七嘴八舌地争着说话，一听口音、一看穿着就知道是附近县城的农民，听他们之间的互相称呼，才听出来是她老公、小姑子和两个儿子。

我开始介绍病情的时候，他们还不停地插嘴，问："会不会搞错？""要不要再拍一次？"等我讲完介入治疗过程和大概费用，所有人都沉默下来，诊室里半晌无人说话。

过了一会儿，她爱人先开口，只说："谢谢医生，我们考虑考虑再决定。"从医多年，什么样的家庭会放弃治疗，我大概还是心里有数的。既然他们态度不积极，我也就不说什么，点点头而已。反正她的病，也没到生死关头，还能拖呢。

让我万没想到的是,第二天早上我还没到诊室,就看见门口黑压压一群人:今天病人这么多?大清早就来排队?

他们开口招呼我,我才发现还是昨天这家人,就是不见病人本人。两个儿子都是大小伙子,现在都含着两眼泪,随时会哭出来的样子。那无助的样子,看着就像俩小孩。

她爱人显然是当家人,很坚决地对我说:"医生,我们决定了,做。"

我说:"是所有家属统一的意见吗?"

两个儿子也赶紧说:"统一统一,我们借钱也要救妈妈的命。"

她爱人说:"她本人不同意,说浪费钱,医生你不要管她,她说了不算。医生麻烦你费心早点儿安排,我回家去筹钱。"

既然同意了手术,我就安排流程,让护士带他们去签同意书。三个男人前后脚都跟着护士出去了。

她小姑子还留在诊室,跟我说:"你不要看那俩儿个子大——肯长,还没得二十岁。他俩说,他妈当年辛辛苦苦生了他们,现在有机会报答,能还他妈妈一条命,值。卖房子也治,打工也治,年轻总能挣到钱。医生你不要担心钱,我们大家凑。"

我有点儿感动,安慰她说:"不要紧,就是个动脉的事情,能治的。"

她庄重地点头:"可不是,人最金贵,妈妈就是一家的动脉呀,可不能没有。"

## 单身海归的烦恼

早上病房交班,路过单人间,瞟一眼新来的病人。都走过去了,折回去又瞟了一两眼。出门问夜班医生:"那个男的是谁?"

她答:"哦,是昨天白班收的,发烧,肺炎。用了药,烧已经退了。"

另一个医生接口说道:"胡主任,你也觉得他超帅吧?"她带着得意的口气说:"跟你们说,是我收的,我问了,三十七岁,单身,还是海归呢。"

小护士笑她:"你兴奋什么?你都快生二胎的人了。"

那位医生说:"我用不着,我可以介绍给你们呀!再说,谁家没几个单身的表妹堂妹的,还怕推销不出去?"

哇,大家都兴奋起来:单身男,高富帅,最佳女婿人选。好几个都抄起手机,说要扒拉朋友圈,趁他住院期间,赶快把身边单身女子介绍介绍,肥水不流外人田嘛。

我泼她们冷水:"你们这群八婆,就喜欢做媒,也不去问问,这么大岁数还单身，是什么原因。"

有一个就说："不管什么原因，我都要给他介绍女朋友。反正要尽量把他留下来。"

边说边笑，大家一边撺掇那个收他的医生再详细打听打听，一边各自散了查房去。

隔天值班，巡视病房时，又路过单人间，看见那个帅哥正坐在窗边发呆，突然心生好奇，推门进去。他见我进来，起身点头微笑问好，请我坐，举手投足间，风度极好。

近看，还是帅，郑伊健那类型的。我随口问他病情，他礼貌地谢谢我后，说："好多了，也上网查了，知道无大碍，只是需要治疗。"

我笑说："现在网络方便，查资料是容易。不过也要注意少玩手机，多活动。"

他点头称是。

我继续说："多休息，戒烟戒酒，多吃新鲜肉蛋奶，多吃水果，配合治疗，没事的。以后注意多锻炼，增强体质，就不容易再得病了。"

我说到这里，他竟然苦笑起来。我问："怎么了？"

他说："医生，其实我烟酒不沾，不吃垃圾食品，每天做运动一组，每周长跑三次，每月长途骑自行车一次，每年体检一次。坚持了许多年，不管工作多忙，都没间断过。"

大概是怕我觉得他吹牛，他拿出手机，给我看上面的微信群，果然有不少"夜跑群""自行车越野群"，他又给我看健身软件上的打卡记录，果然一片小红旗，一天不落。

他问我："医生，我也算是健康生活了吧？怎么还会生病呢？"又自答："当然了，我也知道，锻炼就是降低生病的概率，要真能百病不生，那不是锻炼，是修仙了。"

我笑着点头，越发欣赏他了，不仅帅，脑子也蛮灵光，生活方式这么酷，真是好青年。

他突然感伤起来，说："一直觉得这样的生活很简单也很充实，身心健康，从来没有想过自己会生病。那天发烧的时候，其实我是很害怕的，自己挂号看病缴费拍片，连个帮忙排队的人也没有。无助，真是无助，我那时脑海里就反反复复这两个字。除此之外，就是想，我为什么会得病？以及，如果我死了，有没有人知道。"

他有点儿难堪地笑了笑，接着说："真的，医生说'肺炎'的那一刻我完全崩溃了，号啕大哭，给朋友打电话，把他们吓坏了，以为我出了什么事呢，都来了。"

我笑着表示理解："是啊！从来没有生过病的人，总觉得疾病离自己很遥远，可是人吃五谷杂粮，哪有不生病的？锻炼还是要继续的，你看，你这次恢复得多快多好，就是因为你长期锻炼，体质好呀！"他点头。

我想起同事说的话，忍不住八卦一下，问他："你家人呢？都不在身边吗？"他简单地说了句："我父母都在美国。"我不甘心，又追问："那你没有太太或女朋友或……"我不好意思了，闭了嘴。

他没有说话，慢慢摇摇头。

我鼓励他："不管怎样，人还是需要伴的，慢慢找。"他眼睛一亮，冲我点点头。

## 糖尿病人的新出路

难得休息，我去看看妈妈。家里静悄悄的，没有人在，只有大花猫杜威要我陪它玩。

灵机一动，想起外甥女小年在微信上发的照片，叫"姥姥的菜地"，应该是在附近开荒种地去了，我寻思着去找找。

出门，犯了难。门前是大马路，车水马龙，在繁华的都市里，到哪里找菜地呢？

两个老汉慢悠悠地从我身后走过，肩上居然扛着锄头。再一看眼熟，是小时候的邻居，就是叫不上名字。我凑上去叫一声："伯伯，您二位这是干什么去？"

两个人异口同声："散步去。"

这时，正好另一个老汉推着自行车经过，一听这话就笑骂："哄鬼吧，扛着锄头散步？又去开荒吧？"

这二位也笑了，其中一个老汉说："在家里闲着也是闲着，干点儿活只当锻炼了，改天给你把葱下面吃。"

推车老汉指着他:"你说话要当真,我可等到。"然后骑上车,走自己的路了。扛锄头的老汉也继续自己的行程。

我心想,跟着这二位老汉准没错。

老年人走得慢,我也不得不压着速度跟着,走得直冒火。七拐八拐,他俩来到一片废墟,大片的废砖头堆成好几座小山,石子高高低低,动不动就滚下来。这下子,我想走快也不可能了,高一脚低一脚地爬过小山坡。这时候反而显出老汉的水平了,他们的步伐没有变快,可也没有变慢,还是一步一步,走小山跟走大马路,是一样一样的。倒让我想起我小时候唱过的一首歌:"我迈着不变的步伐,是为了配合你的到来……"

我奋力翻山越岭,到了高处,能看见一小块一小块被开垦的地点缀其中,上面有些小小的青枝绿叶,看着让人精神一振。

两位老汉已经把我甩得老远,走在很前头,我正想追上去,就听见妈妈的声音:"陈老师、邓老师,你们也来了。"不仅是邻居,还是妈妈原来的同事。当然了,这是因为妈妈所住的小区,本来就是单位宿舍。

我赶紧大喊一声:"妈妈。"心急,就想快步跑过去,结果一下子被石头绊得跌撞好几步,差一点儿就摔倒了。

妈妈怪我:"慢点儿,你也不小心些。"

我说:"你干吗到这种地方来开荒?路这么不好走,你才危险。"

妈妈不以为然地说:"我很当心的,每一步都是踩实走的,"她一指田埂下的一条小路,骄傲地说,"这条路,就是我一步步踩出来的。"

哎哟!那真是羊肠小道,弯弯曲曲,窄得很,也就是一双鞋的宽度。

妈妈头上戴着一顶大草帽，穿着一身牛仔衣牛仔裤，都是外甥女淘汰的。套着白线劳动手套的手里拿着把菜刀，脸被太阳晒得红红的。妈妈整个人像美国西部片里开荒的牛仔，精神得很，哪像七十多岁？

我是第一次到她的菜地来，妈妈特别高兴地带着我转了一圈，指给我看："从这棵树到那片山坡下面，还有上面那些，都是我的。"有几十平方米吧，每块地都细致地用废砖头修了边，防止水土流失，又方便走路。

我真是不能不惊叹："你是怎么开出这么大一片的？"

妈妈说："就那么开的呀，今天一点儿，明天一点儿，最后就开出这么大了。"

妈妈又得意地给我展示她的劳动成果：辣椒、茄子、韭菜、白菜、南瓜、红薯……每样都只有圆桌大小的一片，南瓜只长出了一个，但都长势喜人，绿油油的。

田地旁边，她捡废板子搭起的蓄水棚子，顺带厕所功能。她指给我看，废物全倒在旁边的大铁桶里，里面还包括剩饭剩菜、瓜果皮、树叶、鱼骨头肉骨头，我诧异地问："为什么要放在这里面？不是用来当农家肥的吗？"

妈妈笑着说："不能直接用的，先得发酵，放里面就是为了发酵。"又高兴地告诉我，蓄水桶是四块钱一个从废品收购站买回来的，请收废品的师傅送过来。

这就是变废为宝、废物利用呀！

我问能帮她干点儿啥，妈妈一副瞧不起人的样子："我在砍灌木丛，省得蚊子多，也亮堂些，那活你干不了，你没劲。"想了想，塞我一把小镐头，"你就把土里的石头拣出来丢到一边好了，整好了可以种点儿豆角。"

这么简单，我蹲下来开始干。不一会儿，腿酸、背痛、心跳加快，气喘吁吁，汗顺着脸颊流下来，比我去健身房还累。看看妈妈，没事人似的砍灌木，我不作声，接着做。地里不光是石子，还有砖头、预制板，大大小小。我捡起一块大砖头，一丢，差点儿砸到自己的脚，暗笑，难怪有"搬起石头砸自己的脚"的说法，估计古代也有我这样不会干活的人。

看来，这样丢是不对的。我开始琢磨各种丢的姿势，哪种省力，还丢得远。举过头顶丢显然不安全，搞不好砸了头；从下往上丢也不好，容易扭了腕；抱着走过去丢更不划算，一会儿站一会儿蹲，要命啊！无意中，我做了个动作，略背过身，转身的时候，顺势把石头丢出去，动作舒展省力，登时发现，这不是掷铁饼者的动作吗？

恍然大悟，老话说得没错，体育原本起源于劳动，劳动创造健康生活。

想起我的病人，尤其是糖尿病人，我总是动员他们锻炼身体，要他们跳广场舞、走路、骑车，可难见成效。下次，我要动员他们开荒种地，一则锻炼了，二则有劳动收获。更主要的是，种了那么多青菜，总要吃才不浪费嘛，多维生素、纤维素膳食，有了。

再一想，不是人人都能找到空地的。

那也不要紧，总有阳台吧？总能搁几个花盆吧？用花盆种个土豆、小葱，总是容易的吧？既美化了阳台，又节约了小菜钱，最关键的是，让糖尿病人们找到了一个行之有效的锻炼手段，还改善了饮食结构。

病房，心房

　　我越想越美，手里越干越起劲，那天晚上，在妈妈家配着新摘下来的青菜，我吃了两碗饭。

　　妈妈种出来的菜，吃起来是甜的。

## 最后的自私

父亲的病情,我是全家第一个知道的,没办法,我是医生。一听他的症状就知道大事不好,B超结果一出来,我去拿单子的时候,B超医生看着我,摘下口罩,我一眼认出是我大学同学。他什么也没说,就看着我轻轻摇了摇头,我的眼泪一下就下来了:我知道做什么都没用了。

没用了也不能不做呀!

想方设法,还是把父亲转到了全城最好的医院,找了肝癌方面全国最好的专家——他恰好是我本科时的教授,也就是他,直接否决了父亲肝移植的可能性。

但是,说不定还有其他治疗方法呢?我没法控制自己不这么想。

父亲并不知道他的病情,只以为是肝硬化。万幸的是,他没有任何疼痛,每天正常地吃、喝、活动。父亲是很乐观的人,也很信任我这个当医生的女儿,从来没有询问过我,关于他的疾病。

（写到这里，我突然有些疑惑，是不是父亲对他的病有感觉，才闭口不问呢？我没有想过这个问题，想到这一点让我很难过。我一直以为，是因为父亲不知道，所以生病的那段时光才不那么难熬。）

我也是那次，才真正认识到什么是花钱如流水，每天账单送到，我都要个、十、百、千、万地数零，才认得那些数字。我从来没算过，这些钱里面有多少是需要自费的，反正有多少钱都往里面搁。事后大姐告诉我，当时她准备了四十万，也打算好了卖房子。

那层楼住的都是肝癌患者，有些病人知道自己的病情，有些不知道。在这家医院，很少有病人躺到最后一刻，一般没有治疗意义，医生就会劝病人回家休养——或者试试中医，当然也有些患者没有钱继续治疗，就被担架抬走了。

每一次出院都不是好消息，所有人都知道。当担架车缓缓在病房走廊推过，好多病人都自然而然地站到病房门口。如果是熟脸，就会说几句好话，鼓励一下："回去好好养病。过几天又是小伙子一样。"睡在担架上的人笑得很惨："我是不行了，回去等死，你们好好治疗，有希望的。"双方口气都是淡淡的。大家心知肚明，也许明天就轮到自己，麻木了，并不悲伤。

父亲隔壁床，住的是一位师范大学的教授，五十多岁，已经做过肝移植手术一年半了，现在复发，又回来住院。他爱人给我们讲过：发现肝癌是在校医院的常规体检，医院给他打电话说怀疑肝上有阴影时，他还在上课，不以为意。他爱人是大学后勤科的，和医院那边也很熟，医院就又打给她。她一听人家的口气，吓坏了，骑个自行车带上体检单就去校外的大医院，那天还下着雨。结果，就是最不好的结果。他还算运气好，找到肝源，做了移植。

医院在做移植手术的时候就跟他们说了，说术后一年的成活率还是很高的，85%，但往后就不好讲了。她心里就是一直数着日子过的，一年没事，松一口气，一年半，有事了。这次，不可能再找到肝源了。从本来的安居乐业，到现在，也不过就是三年。

教授心态还好，大概是习惯吧，到哪里都好为人师表，每天喋喋不休，向我父亲介绍他治疗的各种经验心得，哪些偏方有用，哪些医生不行。他肝癌手术后依然到处求医，西医之外，再寻求中医的帮助。看他吃的抗癌中成药，叫什么灵芝宝，一千五百元一盒，吃五天，一个月六盒，就是将近一万元。我暗暗咂舌，他真有钱。要知道，那是2002年，我一个月工资没有他的药钱多。

这数字我印象实在深刻，到现在，药名不记得了，价钱都还记得很清楚。

怕父亲病中无聊，我给他拿去了一台半导体收音机。教授呢，带了个随身听，是索尼的碟机，放的是CD。他每天摇头晃脑沉醉在音乐里，得意之余不免来段现场指挥，同病房的病友和陪护都偷笑，觉得他有点儿神经病。我喜好音乐，倒不认为他的举止突兀，自娱自乐罢了。有次聊天，他兴致勃勃，从储物柜里拿出一只旅行箱，打开给我看。我大跌眼镜，里面整整齐齐码放的全是CD碟片，而且，不像我听的是盗版碟，那里全是原装正版碟，都是歌剧、交响乐之类。他一张张拿起介绍，如数家珍，爱不释手。

羡慕自是不必说了。打听下来，原来他是音乐教授，难怪欣赏水准这么高雅，我由衷地恭维。

正聊着，他爱人送饭来了，瞥一眼装CD的旅行箱，什么也没说，自顾自把饭端出来，招呼他吃饭。我心里诧异，没有多话，点个头，也招呼父亲吃饭。

到水房洗碗,他爱人也在,我没忍住好奇心,试探着说:"教授收集的CD可真多。"她说:"这算什么?你到我们家看看,满墙都是,全是他生病后买的。"

"都是正版碟,那么多可不便宜。"

"人家现在可想得开,什么钱不钱的,都是身外之物,喜欢的就买。CD算什么,你没见过他的演出服,一套一万多,一买就是三套,连包装都没拆,就在家里放着,说要穿自己的演出服演出。别说现在生病了,没人请他演出,就是有演出,单位都有演出服,要他的吗?"

我讪讪地不知道说什么好。

她不看我,走到窗口,自言自语:"都是这病害的。本来一辈子节俭的人,攒钱给儿子买房子结婚。生病做了手术后,就变了,只管自己。看病吃药之外,偏偏去信偏方,又是灵芝又是壁虎,连老山参都搞了不知道多少,主刀医生都说了是骗人的,就是不听,钱往水里丢。"她声音渐渐小下去了。

知道父亲生病后,我心里特别不甘心,就觉得父亲一辈子没吃得好没用得好,国都没出过,特别亏。我心里无数遍地说,父亲病好后,要带他吃那个玩那个、去哪里哪里。只是,父亲没有机会了。

教授大概也是同样的想法吧,他觉得自己亏了,死亡马上就要来临,他想晚一点儿死,他也想在死之前,多少弥补一下自己。

我不好作声,洗完碗就出去了。到门口偷偷回头看她,她一边哭,一边用沾着油污的手用力想擦掉泪痕。

## 死亡的艺术

常常有奄奄一息的病人,身患绝症或慢性重病的终末期,在医院治疗,呼吸机不停地工作着,各种输液泵灌着不同的药水。家属或存着无望的希望,或暗自估算残余的时光。

面对复杂而无果的治疗进退两难,每每有家属问我:"医生,如果是你的家人,你会怎么做?"或者:"如果是你本人,你会怎么做?"

年轻时,我总是积极动员病人家属不要放弃治疗,有一线希望就要尽最大努力,毕竟是一条生命。年岁增长,当我的父亲患肝癌,已失去手术可能性时,我同姐妹们商量后,决定不再做特殊治疗,每天只打一瓶护肝针。

因为医院离家近,所以每天上午我送他过去打针,下午又接他回来,一来一去的路上,我们总是漫无目的地闲谈着。我家三姊妹,父母很爱我们,从小就经常带我们郊游、挖荠菜,教我们游泳、骑自行车,和我们一起跑步、锻炼,但不管怎样,与我们每个子女单独相处的时光都不太多。因此，这一段时光就格外珍贵，在父亲去后，仍给我以安慰。

在父亲的治疗过程中，我绝望过、挣扎过、哭泣过。而现在，如果我愿意说实话，我会说，如果父亲同意，我愿意放弃治疗，换取更多从容面对死亡的时间。

换个说法，如果我本人得了现代医学不能解决的疾病，或到了临终时刻，我不要被治疗，被抢救。因为死亡是不能治愈的，也没有必要和死神较劲儿。

是医生，也是人，我和所有人一样，面对着生老病死。病人对疾病的恐惧多半来自无知，而对现代医学的了解，使我更清楚医学的局限性：1/3的疾病被治好，1/3的疾病自愈，1/3的疾病无医可治。许多情况下，病情将会如何演变，有哪些治疗的可能性，临终的状态，我都见过无数次。我当然也想活，但我更怕痛苦，更怕已经忍受了巨大的痛苦，还是不可避免地死去。这是我，也是许多同我一样的医生的想法。

可面对病人和家属，我却很难说出"放弃"二字。

为什么？

病人和家属不懂医学，我如何能让他们相信：我的不积极治疗是因为治疗已经不起作用，而不是因为我偷懒、怕耽误休息时间、怕多花钱？

如果病人和家属接受了我的不治疗，我又如何避免事后家属的诘问、质疑，甚至打官司，还有医闹？

可所谓的治疗又意味着什么呢？

抢救时，医生会询问"是否同意气管切开""是否同意气管插管，呼吸机治疗，中心静脉置管"等，一切可行的抢救措施都要被询问，以防医疗纠纷。但是，这并不意味着，这些治疗都是必要的，更不说明它们有效。生死关头，绝大部分家属都已方寸大乱，这些名词他们都从没听说过，他们看见病人极其痛苦的状态，家属会不顾一切地说："尽一切努力，该上的都上。"

但，什么是"该上的"呢？家属可能指的是：能派上用场的、能起到作用的，能救命的。

但站在医生的角度，有时候，什么都起不到作用，就是勉强抢救回来也只是意味着几天后再抢救一次。还有些，医生也没法确定有没有用。所以，到最后，这个"该上的"，就变成了"所有在技术上能实现、能做到的治疗手段"。

病人的痛苦，就在这种情况下，无谓地延长着。很多人都看过影视剧，熟悉了胸外按压的动作，但恐怕没什么人知道，衰弱病人在胸外按压时断几根肋骨是常有的事。尽管动作规范，尽管指南指出这些病人无须做胸外按压。至少，就我所知，还没有哪个医生敢不给临终抢救病人做胸外按压就宣布临床死亡的，除非家属表示放弃。

这个动作，在家属看来，更像一种象征，让他们能够相信自己尽了人事，剩下的，终于可以听天命了。

大多数癌症患者，走着同样的路：能手术先手术，再化疗，不行再放疗。做完化放疗已经掉尽所有头发后，西医摊手无望时，还不死心，寻求中医帮助，信各种神药，去求神拜佛信大仙，信一些各种可能的神话治疗方案……花掉几十万几百万，全家人都累得人仰马翻，直至人财两空，病人在极度痛苦中死去，家人在极度痛苦中继续生活。寻寻觅觅，到头来还是冷冷清清，生者与亡者都是凄凄惨惨戚戚。

是否可以换一种思路呢？当明知时日无多，治疗无益时，索性珍惜这最后的时光，好好与家人爱人相处？否则，当有限的光阴被浪费在"无用地寻找治疗方案"时，我不知道他们可有时间跟家人好好聊聊天，享受生命的温暖。

我一生的憾事是，父亲直到最后，也不知道自己的病情，因此没有机会跟我们三姐妹以及母亲——他三十五年的伴侣——好好告个别。

如果有机会亲口对他说："爸，我爱你，我谢谢你生我养我给我无尽的爱。"也许面对他的离去，我不会那么痛苦。

我不要这样延长的生命，我也不希望与我的爱人这样告别。

生命无非是一条路，我愿意选择更宽，而不是更长。

如果死亡也有一种艺术形式，我希望是从容、有尊严地死去。

当救护车鸣笛而来时,
愿你让出生命通道

## 🍎 胖医生的减肥方案

我一直想减肥。

严格来说,我不是要减肥,只是希望不再长胖。

我发现,当你不控制体重时,你不知不觉就长胖了——我一直是个胖子,可翻看二十岁的照片,赫然发现原来当年的我比现在要苗条许多,我也有一尺八的腰,只是当时不觉得。这二十年里,我一年一斤,真是传说中的聚沙成塔呀,足足胖了二十斤。

我曾经想过减肥,但用了千方百计,体重一点儿不减。最后我想开了:能停在这个体重就不错了,总比再过二十年再重二十斤来得好。

减肥无非两条路:运动和节食。

我是个爱运动的胖子,我保证运动是可以减肥的,还有个更大的好处是增强免疫力,至少不易感冒。我有两年每天坚持在跑步机上跑八公里,体重没变,体形绝对改变,尤其是肚子、腰和腿,当时我所有的裤子都得扎皮带穿,而且兜风。

那段日子算是我近年来最清瘦的。可自从膝盖受伤做了关节镜手术后,医生就不让我上跑步机了,只让我慢走,向我盛情推荐散步,说这是最适合我膝盖的运动。于是我改骑自行车机,每天也保证八公里,骑得满身大汗,减肥功效主要在大腿和小腿,可以锻炼心肺功能。我很快发现了自行车机的优点:不占地方,一平方米就够,骑在上面,可以看书、看电视、玩手机,一心多用也不用担心掉下来,安全方便,老少咸宜。在我的鼓动下,我姐、我妹,还有我的同事,都在家里买了自行车机。现在呢,大部分变成家里的衣架或者摆设。倒是我妹的自行车机,我妈没事儿会慢慢骑一会儿。

可没多久,自行车机的缺点也暴露了:我的个子矮,自行车机的座板调到最低,我也只能伸着腿够着骑,人吃亏得很,屁股痛,实在坚持不下去。

最后我选择了游泳,争取每天两千米,目前看不出成效,至少在水中,人是放松的,关节是不受累的。我的泳姿是在天然湖泊里自学成才的,虽然号称是蛙泳,但实在游得不快也不美。但不要紧,坚持就是最美的。

这都没有问题。

可控制饮食?

我的口号是,好吃的就吃,不好吃的就减肥。食是人的本性,让人抑制本性是不合理的,重点是怎么能把菜做得少油少盐还好吃。下面是我琢磨的。

第一,用不粘锅。因为是不粘锅,所以可以用很少的油或者不用油做肉。有些人可能不知道,就算是纯瘦肉,含油量也是很高的,包括猪肉、牛肉、羊肉,鱼的油是最少的。做饭的火苗一定要偏小,如果用油,只要把锅底打湿就够了,把肉放进去慢慢煎炒,肉的油都出来了。如果还嫌油多，再烩点儿豆腐、蘑菇、青菜之类，绰绰有余。所谓低脂。

第二，尽量用天然调料。葱、姜、蒜、辣椒、花椒、孜然、香草、肉桂、迷迭香、八角、茴香，等等，还有充当香料的洋葱、番茄、香菜之类——说着我的口水就要流了。这样做出的菜不香才怪。少用味精、鸡精、酱油、蚝油等加工调料，可以减少钠盐的摄取——这是除了食盐外，其他盐的来源。所谓低盐。

如果你爱吃什么土豆炖牛肉、胡萝卜炖羊肉之类，买个电高压锅。肉除水后丢锅里，加调料，我喜欢用白酒代替料酒，加洋葱、番茄之类出味、出水的蔬菜。记住，不加油，不加盐，不加水。做好了会出很多水的，也会有很多肉的油都压出来了。另用锅煮熟土豆、胡萝卜之类。再烩总收汁，加盐。这样，盐在食物表面，口感并不淡，但摄入总量要少很多。

我的病人多是中老年人，和我一样，担心高血压、高血脂，担心关节炎，又不知道该怎么吃、怎么动。我常常把我的运动和饮食经验跟他们分享。他们呢，又经常把自己的经验传递给我，有人主动要教我打太极拳，有人煮了降血压的黑木耳，没事就给我送一锅过来。

最近我还下了健身的APP（应用软件），手把手教会了几个病人。他们很有兴趣地打开APP，只听昂扬的女声说："1、2、3——GO"，他们就像听到号令一样，站起身来，目不斜视地往外走。

能把自己的心得告诉更多的人，我很满足。

老年人也有很多很会说话，来看病的时候，还没坐下就说："胡医生，你又瘦了，越发好看了。"听听，不仅瘦，还是"又瘦"，不仅好看，还是"越发好看"，我听得十分开心，更满足了。

## 那人那狗那故事

他是我的病人,六十岁,连续两次心肌梗死,有高血压、糖尿病,几家医院都要他做心脏搭桥。他到我这里来,不是为了看病,只是想找个离家近的三甲医院调养数周,等待手术。

我好事,仔细看过他的冠脉造影光盘后,觉得手术方案还有商量的余地,专程又找了专家会诊,最终给他做了支架治疗。

术中作为家属谈话签字的人,是他姐姐。专家问:"爱人、子女有没有?"他姐姐说:"他离婚了,一个人,他的家我当得。"专家是专家,说话不像我们委婉,直接一句:"那怪不得他得病。"

事后,他姐姐才当个笑话讲给我听,边讲边笑边摇头。

手术很难做,也做得很成功。术后他又在我这里住了一个多月,是个很配合医生的病人,叫干什么就干什么,忌食、心情平静都做得很好。提醒他要多锻炼,他就每天上上下下爬楼梯,他说,他准备一年后去爬比利牛斯山,这是练习。

他性格开朗，和医护人员关系都很好，对我尤其好，千恩万谢的。他说过好多次，我是他的福星，救命菩萨，免他一刀。当面说，说得我实在不好意思。跟其他的病人也说，倒等于帮了我一个忙：因为难免有些病人对医院和医生心怀疑虑，有他的现身说法，病人信任度高了，配合度也高了，医患关系无形中好了很多。

病人嘛，都是来来去去，他出院之后我也就把这个人忘了。一天，拖着购物车去菜场买菜，突然身后有人招呼我："胡医生，你也住这一块？"

一转身，原来是他，牵条金毛犬在散步。是的，他早说过，他到我们医院，就是因为近。

正好那天我休息，他便邀我去喝杯茶。我还在犹豫，他已经很自然地拖过我的购物车。奶茶店外，他的大金毛，我的购物车，都一声不响；奶茶店内，他喝无糖酸奶，我喝三分甜的奶茶，他讲他的故事给我听：

他是"文革"后的第一批大学生，毕业时就二十五岁了，正符合晚婚条件，就很快结了婚。对象是父母挑的，与他一样是大院子弟，双方家长图的是门当户对、知根知底。他跟爱人谈不上感情不感情的，反正生了个儿子。

当年的他风流倜傥，琴棋书画样样精通，围棋、桥牌、网球、游泳都在市里得奖的水平。人在大学当老师，业余经商，有才又有财。

三十二岁时他正式下海开公司，单位会计小他十岁，刚大学毕业，人漂亮，十分聪明。他形容是"轰一下，干柴烈火，彗星撞地球"。他离婚的事儿，闹得整个大院沸沸扬扬，长辈们都点头："果然男人有钱就变坏。"父亲被他气得血压陡升，心脏病都发作了。他苦笑:"这样说起来,我有家族病史。"

他是抛妻弃子、净身出户的。绝口不提过去,与小会计重新开始,又生了个儿子。以为就这样了。四十岁那年公司出了事,欠了上千万的债,撑不下去要破产。公司的钱多是朋友信任他投的,一旦宣布破产,那些人的钱都没了。他是北方人,不能对不起朋友,他跟小会计说:"卖房子卖地也要把欠的钱还回去。"小会计坚决不同意,争吵时他没控制住,打了小会计一耳光,就这样又离了婚。这一次,他还是净身出户,儿子还是归了女方。

跟我讲的时候,他还是挺懊恼,轻轻扇了自己一巴掌:"哎呀,我真不该动手,后悔啊!她是个好女人,我其实一直放不下她。"又自我安慰:"不过她现在过得挺好,再婚了,在北京。哦,我第一个老婆也再婚了,带着儿子,在加拿大。"

那后来呢?

后来,他去了深圳,东山再起。四十七岁那年,遇到小他二十七岁的她,当年她才二十岁。那时,他对第二任太太念念不忘,本来没有心思面对其他女人,小女生对他着了迷,死缠烂打。男人嘛,正当壮年,哪架得住女人投怀送抱?但没敢设想未来。他心里想,她想待几年就几年吧,她有了更好的高枝就会离开,反正不亏欠人家,车子、房子、钱,能给的都给,工作经验传授、进修培训都鼎力相助。谁知道两个人居然一起过了这些年,小女生发展很好,现在自己身家也有千万。

"这么有情有义的女孩子,为什么你们不结婚?"我问完了,才意识到,从来没见过他有访客呀,尤其是年轻的女访客。

这时我已经喝空了奶茶,他买了单,与我一道走到门外。他解开金毛犬的绳子,拍拍它,突然问:"胡医生,您多大?"

我一怔，他已经说："别误会，我不是想窥探您的隐私，只是，她比你还小呀。我已经六十岁了，老头子，一身病，她还年轻，我能给她什么将来呢？只有拖累。我去你们医院住院，其实还有一个心思：想避开她。我跟她说我去北京做手术了。我不想让她看到我又痛又软弱又惨的样子，也不想让她给我端屎端尿。何必呢？好好一个小仙女。"

我一时无语。

他抬眼看一下这家咖啡厅，说："我跟她，就是在这里说分手的。不再见面，就此分开。共同住过的房子我卖了，免得邻居都知道我们的关系，对她不好。我另外给她买了房子，当然她也不需要我出钱，只是心意。"

我说："那你以后……"

他绽开笑容，再拍拍大金毛："我有我的狗呀！你别看它个子大，就是这品种，其实它才一岁多。狗嘛，能活十几年，我差不多，也就还有十几年的阳寿吧。正好，不求同年同月生，但求同年同月死。"

他跟我道别，走自己的路了。我看到，一人，一狗，慢慢走在熙攘的人群中。

## 曼妙而美丽

她的名字很可爱:"曼丽",曼妙而美丽。她的样子更可爱,小小的个头,圆圆的娃娃脸,眼睛也圆圆的,总是笑嘻嘻地看着你,一脸笑纹。一头白发烫成大波浪,披在肩上,无论何时都身穿长裙,脚踏小跟鞋——绝不是老女人常穿的平底鞋——时刻准备起舞。是的,你没看错,我说的就是她,八十二岁高龄的罗老师,全名罗曼丽。

她是我的同事,不过在我来医院前就退休了,之前,我只在新年联谊的时候见过她。她也是我的病人,因为反复发作心绞痛,使她不能跳心爱的国际标准舞,才被迫来我这儿住院。

刚来医院,就有各位前辈来打招呼。

一向严肃、万事不求人的内科主任说:"多关照点儿,罗老师是医院老职工,当年带过我。"

负责行政的张院长说:"该查的都给她查查,能做的都做。费用不用担心,医院会有安排。"

已经退休的心内科前主任专程打电话来:"你们收着点儿,八十二岁的人了,别做些难受的检查了。"

各种声音,无所适从,压力山大。

罗老师自己倒没有什么意见,笑嘻嘻只有一句话:"我不管,反正你们要让我心不痛了,我还要跳舞呢。"每天在病房,就听见她湖南口音的叽叽喳喳,要不唱歌,要不教病友跳舞,快乐得不得了。

罗老师的家人担心地看着她,一脸无奈,然后找到我,要医生帮忙劝她多休息,别跳了。家里人直摇头:"你说这么大年纪,跳啥呀?穿得让人笑话。万一伤了骨头,可就麻烦大了。"

我说:"跳舞不至于吧?罗老师看上去柔韧性很好的样子。"

他们说:"跟她搭档的也都是老头老太太,谁知道他们柔韧性好不好,出事了也不好吧?"

我其实不反对罗老师跳舞,甚至有些赞同,老人有点儿爱好,有点儿追求,生活得有幸福感。我不好直接反对她家人,只能说:"看检查结果吧。"搪塞过去。

一系列检查下来,必须做冠脉造影,准备支架治疗。

这时候,罗老师难得沉默了,过了半天,她抬头说:"我不愿意。"

我和她家人都呆了一下,不理解她的想法。

罗老师说:"我现在已经不疼了,就给我吃药吧,我不想放个东西在我心脏上。"

她女儿发急:"妈妈……"我制止她,心平气和地说:"罗老师,你不是喜欢跳舞吗?放了支架,你就可以放心大胆地跳舞了,再不会痛了。"

她女儿哪里是我一句话能压住的,现在急得嚷嚷起来:"您到底是怎么回事?有什么话您说,生病了是您,要治疗也是您,现在心脏问题这么大,怎么又不想治了呢?再疼怎么办?您不听我们的也行,您自己也当了一辈子医生,总在家里抱怨病人不听医生的,现在您自己当病人了,您说,您该不该听医生的?"

罗老师发了小孩子脾气,气得跺脚:"我病好了,不用你们瞎操心,我明天就出院。"

大家都噤声。她女儿还想说什么,我拉拉她的衣角:"当然要劝,但不是这么个劝法。"

转身才回医生办公室,罗老师就偷偷找我:"胡医生,我跟你说,我不是不想做,我有两个顾虑。一是这支架放进去,我跳舞时会不会把它跳活动了,把它跳出来了,那心脏可不破了?二是我怕做了手术后,孩子们更拿事儿做借口,不让我跳舞。那我活着有什么意思?"

我笑着看她:"您这么热爱跳舞吗?"

她头一扬,摆个姿势,随即滑了几个舞步,回头对我笑:"这不美吗?"

我被她感染了,也站起来扭扭腰肢,确实感觉很好。

我模模糊糊记得有个篮球运动员,叫乔丹的,据说当年他的公司只让他在赛季打球,让他在淡季休息,怕他一旦打球受伤会影响战绩。但他太热爱篮球了,不惜与公司签了一个"热爱篮球协议",一定要每天都打球。

罗老师对跳舞的热爱,就和乔丹一样呀!

我说:"这样,首先,您放心,支架放进去绝对不会跑,放在哪儿就长在哪儿,想拿掉都不行。其次,您孩子的工作我来做,保证让您痛痛快快地跳舞,行吗?"对,就给他们讲乔丹的故事吧,他们一定能懂的。

她高兴地握住我的手:"那我也给你个痛快话,明天就做。"

夕阳透过办公室的玻璃窗照在罗老师身上,是那么美。我不禁为她心动,希望我老了以后也能是这样可爱的女子。

曼妙而美丽。

## 生命不能承受之重

压倒骆驼的最后一根稻草是哪一根,谁都不知道。

他是我的中学政治老师,很聪明的一个人,我一直记得他讲进化论,说:"随着经济发达,人类不需要体力劳动,只需要脑力,四肢会慢慢退化,脑子会越来越大,最终只需要大脑存在。"听得全班同学都目瞪口呆,想象一个个大脑袋,是飘在空中,还是在地上翻滚,这是多么魔幻的场面呀!

再见到他,是十几年后,他因帕金森综合征住院。我还记得他,攀谈起来,他跟年轻时一样意气风发,自嘲得了跟数学家陈景润相同的病,大约他的理论也会像哥德巴赫猜想一样举世闻名了。

那时他的症状还不严重,只是走路慢,手抖,写字不受控制。药物治疗其实效果不错,可他没有在意,吃药断断续续。疾病像洪水猛兽,来势汹汹,过几年再来医院时,他的病症已经很严重了,在诊室,手不停地搓着,口涎一直流到衣服前襟,打湿一大片,他跟我说话,我要很认真才听得懂。我看他一直站着,请他坐下,他

# 病房，心房

嘟哝着："我正在坐呢。"至今回想，还让人心酸。

那以后，他便常常到医院报到了，痴呆表现越来越明显，说话前言不搭后语，记性也不好。他本是好说话的人，可现在吐词不清不说，想表达的意思也表达不出，急得叹气跺脚。师娘照顾他，可家里两个孙子也需要人照顾，儿子在美国工作，什么忙也帮不上。师娘忙得团团转，能管吃喝拉撒就不错了，没有时间和耐心听他啰啰唆唆说话。慢慢地，他不再爱说话了，有时查房，我刻意多陪他聊聊，他也不太搭理我。

常常，他一个人坐着，一声不吭，有时就哭起来，孩子一样号啕大哭，并无眼泪，只是口水肆无忌惮地流淌，混着饭粒菜渍，全粘在胸前的衣服上。再没人记得年轻时的他，是个多么口若悬河的他，全班同学心中的标准偶像。现在的他就是个身上散着异味的糟老头。

日子过着，他来来去去，他的不甘，我的同情，都渐渐麻木。年关将近，他又来了，陪护者是从未见过面的他儿子。原来师娘突发心脏病，连医院都来不及送就去了。儿子从美国回来，料理完母亲后事，不知该如何处理父亲。不能把他带到美国，一时也找不到合适的养老院收留他，先送到医院住着再说。年底大批病人出院过年，病房松，主任收了，也把话说在前头："心血管病的高发期就是冬天，过个年，一海吃海喝，不知道多少人就要来报到了。这边床位一紧，他就得走。"

我俯下身，柔声和老师打招呼。老师好像已经不认识我了，加上疾病摧残，面无表情，整个人木木的。熟悉的护士都说，老来丧偶，还是他最依赖的人，这次悬了。我心里难过，安慰自己，老师除了帕金森综合征，内脏并无大碍，挺得过去的。正好有空病房，我就把他安排到了一个单人间。

事情还是来了。

那一夜，想来仍然恐怖。就在护士去别的病房巡视时，老师用皮带搭在暖气管上，上吊自杀了。也不知道，他是怎么用颤抖的双手，把皮带穿过扣绊的。

我有时想，如果我在他第一次来的时候，多讲些疾病知识给他听；如果我在他不好好吃药的时候，态度严肃地好好和他谈谈；如果在他号啕大哭的时候，我能像女儿一样安慰他几句；如果师娘能陪他到最后一刻；如果他儿子能经常回来陪陪他，而不是直接打算送他去养老院；如果床位紧，他睡的是二十四小时不关灯的大病房……

但也许，该来的还是会来。

## 给外国人看病

坐门诊,看到叫号系统上出现了一连串字母,是一个外国患者。

从医这么多年,还是接诊过不少外国患者的,开始很多都是非洲、东南亚过来的留学生,到中国来,大部分是学医。这样,即使语言不通,医学术语和缩写是一样的,理解起来还是容易。

随着武汉的经济越来越好,慢慢,各路病人就多了起来,对他们的治疗我和对中国病人是一样的:本来嘛,大家都是人,得的病也都差不多。顶多有时候,看着某些外国人高大的体格,我会在医嘱上把"一次2片"中的"2"划去,改成3。

接诊外国患者的好处是:他们的依从度比较高。真的能做到,医生说什么他们就听什么。并不像中国患者那样总是心生警惕,怀疑医生居心不良,你叫他输液,他一定要问你吃药行不行,你说要手术,百分百要回去考虑才能决定。外国患者就痛快多了,尤其是,他们对有创检查接受度普遍比较高,有时即使告诉他检查结果对治疗的影响不大，或者可以先试验性治疗，他也愿意听从摆布；坏处也是大大的，就是费时间。很多在中国工作的外国患者会带翻译或者司机来，但这些人的中英文能力都不足以翻译医学名词。我得先跟翻译用最通俗的语言讲清楚，然后翻译再和老外讲，讲得手舞足蹈，又比画又跳舞的，外国患者还一脸茫然。

现在还有很多外国人是自己来看病的，那就更是困难大大。我们小时候以为除了中国，就是外国，以为外国人全说英语，但真不是，有很多金发碧眼的外国人根本不会说英语，也不会说中文，

道他们是哪国人。现在有手机了，一人一个，都把手机字典打开，我 文打字，给他看英文结果，他把英文结果输到手机上，看他自己的 这么一来一回，累死个人。

每次我接诊外 在门外等待的其他病人都表现出极大的容忍度和耐心，从来不

这一次进来的，是个褐色 的男人，我看不出他的年龄，也判断不了他的人种，不像黑人， 也不是白人。

我跟他打了个招呼："Hello, What's the problem?"

他结结巴巴地说："I, ache。"（我，疼。）然后指着胸口。

这英文比我的还差，没法交流呀。

我正在想办法，他已经掏出iPad，给我看屏幕。我一看，是个翻译软件，上面写了什么我不认识，下面是中文：我胸口疼、头疼。

我接开iPad，用中文打上：什么时候开始的？很自然的，下面翻译软件出来一串字母。

就这样，一问一答，十分流畅。

量过血压、听过脉搏，我心里也已经有数，要是个中国患者，我只怕就会对他说："少玩游戏，多休息。"但毕竟是外国患者，不能太造次，还是让他验个血常规吧。

"Can you give me some your blood?"

这一句他竟听懂了，一惊，嘴里糊里糊涂地说："Sure……"

什么跟什么呀。

我还是在iPad上打上"化验血常规"，顿时出现了一长串字母。他一脸茫然地看看我，打字，出现："我不知道。"

哎呀，这个软件有BUG，天知道它把血常规翻译成什么了。我犯难，只好拉过他的手指，在上面用笔尖戳几下。他还一脸晕，我又在他手臂上用笔尖戳了几下。

他慢慢张开嘴，吐出两个字："打针。"竟然还是比较标准的中文发音。

我连连点头："Yeah, Yeah。"心想，他只怕还是没搞清楚，以为这是治疗而不是检查。

我在处置单上写明了"检验科"、画了地图，这样，他总能找到的。他快出门的时候，我问他："What language you say?"

他咕噜了一个词，听不出来。

我自言自语地说："我要练好英文。"

这句他居然听懂了，他回头来对我说，带着惭愧的表情："我，会练好英文。"这句话是用中文说的。

过一会儿，又说："我也会，练好中文。"

嗯，加油。

## 每一个生命都值得尊重

晚上,埋头趴在电脑前查找资料,突然屏幕弹出一个新闻窗。瞟一眼,不相信,点开来看,是真的:杨绛先生走了,一百零五岁高龄。

不知怎么,我的眼睛湿润了。

虽然很小就看过《堂吉诃德》,可我对杨绛先生的了解仅限于她是钱锺书的爱人,而钱锺书是我最爱的中国作家之一,另一位是老舍,《围城》和《四世同堂》我都看过好多遍。是在钱锺书死后,我才读到了杨绛写的《我们仨》,这本书让我了解了他们,也格外心疼她、尊重她。我同情她和钱老晚年丧女,更敬重她在晚年的独居生涯还笔耕不辍的毅力。所以,得知她去世的消息后,我心里竟有一丝宽慰:十八年之后,他们仨团圆了。当然,我也感慨,中国少了一个真正的知识分子。

同科室的小医生知道我好读书,向我借《我们仨》,我很惊奇,他是从来不读闲书的。问为什么,他说朋友圈都爆了,全是怀念杨绛先生的各种文字。他想知道真实的她是什么样子的。

上专家门诊，来了个老太太开心脏病的药，讲到注意事项时，我怕老人忌讳"心跳骤停""死"之类的词，说得委婉。

老人倒痛快："我不怕，我已经到红十字会填写了遗体捐献表，人死了，还能派上点儿用处，多好。器官老了不能用，皮肤总可以用吧，或者，做科学实验用，再不济，给医学院做解剖也行，骨头做成骷髅架子，我看你们骨科都挂着的，还能流世万年呢。我儿子不同意，我问了，只要我态度坚决，表达意愿，能行。我相信，我儿子最终会理解我。我不要临死前还要遭各种罪，我是不要抢救的。人总有一死，你说是吧，医生？"

我被老太太乐观豁达的态度感动了，握着她的手："我为你保驾护航，先好好活着，享受生活，再平平静静地百年。"

下班路上，恰逢暴雨，车窗关得严严实实，收音机声音大大地唱着，我随着缓慢的车流朝家的方向行进。交叉路口，横七竖八的车堵在一起，谁也过不了，我前面两辆大越野车互不相让，挤在一条车道上，都想着有机会先过。我索性拉了闸，捡起副驾座位上长期备着的书，做好长时间等待的准备。

隐隐约约听到警笛声，透过雨声穿进车窗。有人说听不出警车、消防车和救护车的区别。但我从医这么多年，一听就知道是救护车。这样大的雨，这么深的积水，这么多车，怎么走？我抬头环顾，在我的前面不远，隔着那两辆大越野车，忽闪着警笛的，果然是辆通体雪白的救护车，实在挤不进正向的车道，进了我们这条逆行道。两条道都是车，没有避让车道，怎么让？大约是没有希望过去，救护车灭了警笛，世界安静下来。

我犹豫了一下，还是挂上挡，打了右转灯，放下右侧车窗，缓慢地向右侧挤去，隔壁车道车上的司机怒视我。我指指前面的救护车，又指指他的方向，示意我想为救护车让路，挤进他的车道。我心里没底，他会让我吗？我一辆车过去了，有用吗？我后面那么多车，会有人像我一样，让条生命之路吗？还有前面那两辆大越野车堵着。

那位司机回头看了看，开始慢慢往后退，让我过去。我冲他拱下手，小心翼翼地摆过去。看后视镜，突然心头一热，我后面的车都打着右转向灯，准备挪动到隔壁车道。一辆一辆，车挤车，大雨里听不到鸣笛声也听不到人声，可秩序井然。前面两辆大越野车休战了，一辆车慢慢后退，另一辆也打起了右转向灯。

说起来漫长，其实大约只一分钟，我的左侧车道空了，救护车明显迟疑了一下，重新拉响警笛，呼啸过去。我不知道它能畅通走多远，希望有足够的时间到医院。不管车上是什么样的病人，希望这一分钟能给他/她多一分生的希望。

在剩下的回家路上，我心情激动，想到伟人的坦然去世，想到不惧生死的老人，想到这些素不相识却有缘同行的司机。

在心里，我为他们一一点赞。

每一个生命都值得被尊重。

病房，心房

## 保险公司最了解你

带着小医生查房。

二病房三个病人都是四五十岁的中年男子，都是血压高头晕进来的，检查了还好，没有别的病，是原发高血压病，正在进行调整降压治疗。

二病房的门虚掩着，我一推门，好家伙，三个难兄难弟，正你一根我一根地在那儿吞云吐雾，高谈阔论着。我半严肃半开玩笑地说："干吗呢？造反了？要不要命啊？还不快把烟灭掉，我喊护士长来罚款了。"三个人步调一致，紧赶慢赶吸了最后一口，才把烟掐了。

四床那个大胖子谄笑着问我："胡主任你说，抽烟真的有那么大危害吗？我都不相信。我抽了二十几年的烟，不疼也不痒，这不挺好的吗？"

"就是，就是，"五床六床也附和着，"我觉得那些禁烟宣传，都是把坏处往夸大里讲，其实得不得病，还是要看缘分。"

说得得病和谈恋爱似的。

我瞪他们几眼,问四床:"好?好你怎么进来了?"

"那不是血压高吗?"

"那你为啥血压高啊?你告诉我。"

他摇头:"我知道我不就是医生了?"

五床六床笑了起来。

我也笑着把他俩扫一眼:"你俩别笑,谁能告诉我为啥血压高就把你们收进来呀?"

六床抢答:"血压高了怕中风啊!"

"那你们知道是什么人发现血压高就会中风、得心脏病?"

三个人都不作声了。我询问地看了一眼小医生,她也摇头。

我得意了,这可是我的拿手把戏。前面说了这么一长串,就是为了引入这最后的结论。他们该说的都说了,现在该我表现了。我一脸认真地说:"告诉你们,发现血压高有危害的是——保险公司,高血压的标准最早就是他们制定的。"

四五六床都诧异起来:"不是医生制定的吗?不应该有个什么组织,高血压协会什么的,投票定的吗?"

我说:"医学问题,一是一二是二,又不是选总统,还投票定?你们知道怎么回事吗?保险公司为了研究赔付标准,在患病人群中做调查,发现了一件事:超过某个血压的人群更容易出现中风和心脏病,于是设定血压标准,超过的人保险额度就要提高,这就是'高血压'这个概念最早的由来。"

他们一副听呆了的样子。我更爽了:"那之后,医学界也引入了这个做法,再经过长期的实践修订,就是现在通行的高血压标准。"

看看他们那眼神,简直就是崇拜。我非常得意地说下去:"再跟你们说说抽烟。抽烟的危害谁发现的?也是保险公司。他们在患肺癌的病人中做调查,发现抽烟十五年、每天抽烟十五支以上的人,肺癌发生率急剧上升,由此进行研究,才发现了抽烟的危害性,不仅会得肺癌,还会得胃癌,还会加重高血压,等等。"

他们已经全体傻了,我最后再发出撒手锏,刺激他们一下:"你们想,难道你们还没有保险公司更关注自己的健康吗?保险公司关注你们,是为了少付钱;你们自己关注,才能不给别人挣钱。"

三个人一起点头称是。四床把整包烟都翻出来,骂一句:"害人精。"几下扯碎,全扔进了床下的垃圾桶。

出了病房,小医生小声问我:"胡老师,你说的是真的吗?"

我大力一摆手:"当然是真的。"非常权威自信。停一停,我口气放缓些:"是我老师讲的,我没查过,应该是真的吧。"

其实心里稍有嘀咕:万一我的老师,像我一样,专门拿它教育病人呢?

## 小聂医生没有妈妈了

说起来,当临床医生是很残酷的职业,每天为了病人能得到最快、最好的救治,跟疾病斗,跟时间斗,跟制度斗,跟辅助检查科室的医生死缠烂打,要求加班做、加塞做,为了自己病人的利益奋不顾身。

有次大家得意扬扬地聊起怎么斗智斗勇,帮病人争取到最好的治疗机会,每个人都有一肚子的故事。我突然感慨起来:"病人是我们的命根子,为病人我可以不要脸;可我自己看病,都是规规矩矩挂号、排队、等待,从来不好意思找关系;我的家人病了,我都没有时间陪着看病,更别提帮忙了。这个医生当得……"大家瞬间都沉默了。

骨科小聂医生,是个踏实肯干的小医生,常常请我会诊评估病人的术前状况,一来二去就熟了。他也是北方人,有时我俩闲话几句北方的事,格外亲近些。

一天他来找我,说他妈妈从老家来看他,突发中风,在神经内科治疗，现在半边身子活动差些，情绪不好。他妈妈本身不爱讲话，个性内向，讲的当地土话，加上中风，说话不太清楚。神经内科医生是本地人，听不懂聂妈妈的话，叫小聂医生多去病房，能起个翻译的作用。

小聂医生为难了，骨科手术量大，年轻力壮的小医生绝对是在第一线的，他每天能偷空去病房看一眼就不错了，谈何陪伴？想来想去，小聂医生想到了我。北方很大，但好歹是一个语系，聂妈妈的话我应该能懂一点儿。他希望，我能忙里偷闲，陪老人说说话，安慰一下。

小聂医生声音越说越小，到最后，双手直搓，像个犯了错误的小孩："胡医生，我知道您忙，为这种事情拜托您特别不合情不合理。但是……您知道我是大学毕业后到这里工作的，这边一个亲戚朋友也没有……"

看他都快哭了，我赶紧拍拍他肩膀："来得早不如来得巧。正好我这一段工作量不太饱和。你放心，别的我做不了，陪老人讲个话，这不是事儿。"

于是我去了，事先跟神经内科医生说好："我是家属啊！"

聂妈妈见了我挺高兴，拉着我的手，担心、自责溢于言表，怕病不好，花多了钱，拖累孩子。她一声一声叫我"老闺女"，听得我心里也暖洋洋的。来往医生护士喊我"胡老师、胡主任"，她试着也想改口，我赶紧喊她："大姐，您叫我什么我都听着亲。"陪她唠嗑，听她谈她家里养的鸡、种的稻子，收成如何如何，也跟她讲她儿子每天都干些什么，救了多少病人。说着，听着，老人脸上有了笑纹，眼睛也亮了。

通过在医院的精心治疗，老人的病好得挺快，可以拖着步子慢慢走了。我劝她多住几天,她摆手,着急回北方老家。半天也说不出理由来,只说是担心家里,怕鸡给偷了,田里荒了,邻居盖房子过了界限。我明白,她还是怕给儿子添麻烦。

小聂医生都没有时间把老人送回家,只能这边送上车,老家那边请亲戚帮忙接站,小聂医生就这样告别了妈妈。

过了几天,小聂医生突然给我打电话,急得话都说不清楚。我模模糊糊听到"妈妈不见了"。那几天,正好我关节炎发作,膝盖疼得不行,也顾不上了,拿着电话就冲下楼。

原来,他妈妈到家后,前两天还挺好的。有一天,她正常地喂了鸡,做了饭,就出了门。这一去就一夜没有回来。他们一个村子全姓聂,邻居也都是亲戚,知道聂妈妈一个人住,更是没事儿经常照应下。现在,看他们家到了傍晚也不亮灯,绕着村子喊了一圈没个应声,邻居这下着急了,赶紧通知了小聂医生。

我心里有不祥的预感,只是安慰小聂医生:"别慌,赶紧回去找,兴许到邻村串门了呢?乡下不比城里,不兴什么事都打电话说一声。"

但我心里隐隐响起聂妈妈的声音,是的,她确实说过,本来就是为了儿子活的,一心想等小聂医生娶老婆生小孩,过来伺候儿媳妇月子,帮忙带孙子。现在得了病,人是半废了,伺候不了儿媳妇,反而还可能耽误儿子找老婆……

小聂医生忙着订票,一边打电话给各方的亲戚朋友,一边又镇定地把病房的事一一跟同事交了班,才终于上路。我叮嘱他,找到了发个微信,报个平安。

连续两天,他一点儿动静也没有,这对我是个煎熬,又不敢打电话问他情况。到半夜,电话叮咚一声,他发来一条微信:找到了,我再没有妈妈了。

病房，心房

## 做笼子

做笼子是武汉话，意思是做圈套让人上当受骗。我是个老实人，可也做过这样的事。

王老师是附近中学的老师，新医院开诊不久，她们一帮女老师来找我，听说肿瘤标志物监测可以排除癌症，想查。

我一边开检查单一边忍不住科普："肿瘤筛查可不能光靠这个指标，如果没有定期体检习惯的至少查肺部X光、腹部超声，还有胃肠镜检查，等等。再说，不是只有肿瘤致命，你们都是退休年纪，过了更年期，更要关注心脑血管疾病的发生情况了……"

王老师爽快，当即拉着另外两个老师，让我根据她们的情况开检查。

我担心费用高，王老师得意："学校给报销的。"

下次门诊时，王老师找我看检查结果。告诉我，这是她第三次来了。第一次来，扑了个空，小护士告诉她，我不是每天出门诊。说了门诊时间，她记错了，把上午记成下午，等于我前脚刚走她后脚就来了。这一次,她特别在墙上找到我的介绍,把介绍拍了下来,按时来的。

我说:"其实,我们心内科的医生水平都是一流的,找哪一位看单子都行。"

她摇头:"我就是信得过你。你一点儿也不黑病人,还提醒费用的事。不找你,我找哪个?"

我忐忑,可不能辜负病人的信任,留电话给她,互加了微信,就这么认识了。

王老师常常发些笑话给我,说医生负担太重,需要开怀大笑来释压。又特别注明:不需要回复。知道你忙,只要笑了就好。我心中很温暖。

王老师是个爱热闹的人,一举一动都爱昭告天下,发完朋友圈不算,还要专门给我发个链接。于是我知道,她国外去过美国、日本,国内去过台湾、西藏……周游了天南海北,正在享受退休的幸福时光。有时我给她点赞,有时只是默默关注。

后来,知道她添了一对双胞胎外孙,再后来,很长时间,她的微信沉默了。毕竟上了年纪的人,我再不爱发微信,也忍不住问她怎么了。她回得简短:在上海,带孩子。

带过孩子的人都体会得到有多辛苦,何况一双。难怪她没时间旅游也不给我发笑话了。我怕打扰她,也几乎没和她主动说过什么。

我差不多都已经忘记王老师了,有一天,突然在门诊病人里看见一张似熟悉又陌生的脸。这人是谁?我正在搜索记忆,她先和我打招呼:"胡主任,我是王老师呀!"

我还不及寒暄已经惊呼:"王老师,你老了好多。"话没说完，就有点儿后悔：这话对女人来说，太不礼貌。但确确实实，她原来总是烫着大波浪的头发，现在白得乱七八糟，也没做个形状，胡乱扎个马尾。原本光滑红润的脸，现在也密密麻麻爬满皱纹。原来她总是笑口常开，现在眼角嘴角一律耷拉着。

这是怎么了？两年不见，王老师病了？

王老师不理会我的关心，直截了当地说："胡主任，我求你个事，你怎么样也要答应我。"

我被她吓一跳，小心翼翼地说："您说，只要是我能力范围内，我尽力而为。"

"你给我开住院证，跟我家人讲我血压高，病得蛮重，要住院。"

我立刻摸出血压仪："来，先测一下。"

她说："不用。"她掏出病历让我看指标，血压、血糖和血脂是有问题，都高于正常，但也不离谱，用药控制就行，不用住院啊！

我不放心，还是给她重新量了一下，和病历上的数据差不多。我一边收起血压仪，一边打趣她："怎么，是害怕得病，还是带孩子太累，跟家人怄气，想逃跑啊？"

一向乐观的王老师突然哽咽起来："我心里发毛呀！你不知道，我的好朋友，总是一起旅游的老师——你见过的，当时和我一起来你这里体检的——跟我一般大，现在也是带孙子。就前几天，她抱着孩子呢，突然发病，直挺挺倒下去，人就没了。我去她家，她女儿哭得死去活来，说她前几天跟女儿说过有点儿不舒服。女儿女婿都忙，顾不上带她去医院看病，说等周末吧。结果没等到，星期四就倒了。我当时和她女儿不好讲的，但我心里想：一是带孩子累到了；二是病从浅中医。老年人，一有不舒服，要早点儿看病，兴许能保住命呢。"

我赶紧扯纸巾给她，她接过来抹抹眼泪接着说，"我老伴一直在外地工作，赚外快。劝了多少回，总说想给孩子多留点儿，不肯回。我一年就春节见他一回，你说，我俩还有多少日子做伴？儿孙自有儿孙福，我们老了，该过自己的生活了。现在孩子两岁多，可以上幼儿园。女儿不放我走，其实有阿姨照顾的，她就是说不放心，说怕阿姨不好好对待孩子。这次我是坚决说要来看病，才回来的。我想好了，你给我开住院证，帮我跟他们说，这个病不能劳累，不能着急，不能离人，我呀，我就趁便去找我老伴，我们也过下子二人世界。这不是两便？他也有人招呼，我也休息下子。"说着，自己也觉得巧妙，"咯咯"笑了。

一大把年纪的人，又哭又笑的，我也乐了，还是两年前的那个王老师，永远带一点儿少女的天真活泼。

我看她是真的累了。

还是安排她住了几天院，做了检查，调整好药物治疗方案。又按她说的，给她家人打了电话，稍微严重点儿交代了病情，吓得她女儿连声表态，再不劳累妈妈了，老伴儿也辞工回来陪她。

王老师接了老伴，两个人手拉着手来见我，那个亲热劲，我都眼馋。她悄悄跟我讲："刚才在地铁上，我俩挤一个位，旁边老太太一直嘀咕，这么大的人了，还这么黏糊。管他呢，就是要黏糊。这些老年人，就是爱管闲事。"王老师说的时候，嘴角轻轻一扬，算是和"这些老年人"划清了界限。

看王老师高兴的样子，我想，嗯，这个笼子做得对。

## 幸亏只是一袋旺仔小馒头

艳儿是科室小护士,昭君故乡秭归人。好山好水出美人,一听地名,你就知道她的颜值。她最难得的是温婉善良,虽然大口罩遮住她大半张嘴,但口罩上面,她扑闪着大眼睛对着病人微笑。不管病人什么情况什么态度,她都轻言细语,该安慰安慰,该讲理讲理,该规劝规劝。再重的病人,吸着氧气,都忍不住喘着气也要夸夸她,至少也要伸出大拇指,点个赞。

这样的好姑娘,自然少不了好事的人想介绍对象给她,包括我在内,只愁手边好男生少,怕配不上艳儿。

更有病人,天天接触艳儿护士,觉得是好媳妇人选,会悄悄跟我们打听,或者带自家小儿来,想拉郎配。

曹老伯就是其中一个。

曹老伯是老革命了,十二岁就参军(他不无骄傲地告诉我们:当年是谎报了年龄),参加过解放战争,后来又参加过抗美援朝。如今年过八旬,虽然又是起搏器,又是支架,时不时发个心衰，但架子不倒，那腰板儿挺得笔直，说话好打个手势，走起路来手背在身后，一副领导视察的姿态。

人是好人，对医护人员很热情，常常拉着我们聊当年勇，儿子就白他："几百年前的事了，赶快讲，不要耽误医生查房，还有别的病人呢。"他才依依不舍地把我们放开。曹老伯一生革命，什么事都革命，唯有对儿子，革命不起来，宝贵得不行，儿子发话，一定照办。

有一天他孙子来看爷爷，正好碰到查房，医生顺口表扬孙子懂事。儿子一半谦虚一半自夸地说："他真是不错，从小到大，学历工作没让我们操过心。人家小孩都叛逆期，他从来没有，一直对爷爷、爸爸妈妈，孝顺听话。别的都好，就是有一样不好，快三十岁了不找对象，说工作忙，你说急不急人？"

刚好艳儿护士到病房换药，动作轻柔利落，态度温和，大家的眼光不由得都落在她身上。待她出去，曹老伯的儿子感叹："你们医院的护士真好，娶个这样的媳妇就有福了。"

这就算句客气话，说过就算了，曹老伯上了心。自己琢磨：这个姑娘确实不错，不知道有没有对象。悄悄问了旁的护士，还没有。不放心，又问了几个，都说没见过男人来找过她。

这下，曹老伯每天看艳儿护士都格外笑眯眯，越看越爱，三不五时地问："你家哪里呀？几口人啊？有没有兄弟姐妹呀？你喜欢什么啊？"艳儿护士莫名其妙，回办公室讲给大家听。被曹老伯问过的护士这才恍然大悟，赶紧告诉艳儿曹老伯在打听她。大家两下一对，明白了，估计曹老伯想招艳儿护士当孙媳妇了。

这天艳儿护士上夜班，巡视病房，碰到曹老伯正在走廊溜达。曹老伯一看见艳儿护士，眼睛一亮，冲她招手："小鬼（曹老伯保持当军人时的习惯,喊小医生护士一律小鬼),你跟我来。"转身朝病房走去。艳儿护士以为曹老伯有什么悄悄话要说呢,连忙跟去了病房。

好笑的事发生了。曹老伯神神秘秘地在抽屉里掏半天,转身拿出一个东西,塞给艳儿护士。一脸心满意足:"我特意给你留着的,要不都给他们拿走了。"也不知道这"他们"指的是谁。艳儿护士下意识地推辞,手中发出塑料揉搓的声音,低头一看,是一袋旺仔小馒头。

后来艳儿说,当时瞬间眼泪要掉了:虽然只是一袋旺仔小馒头,可老人那么珍藏着,当宝贝一样,就为了送给她。对病人好,真的只想要这样的回报。

虽然规定不允许,艳儿护士还是很开心,独享了那袋旺仔小馒头,只让我们眼馋了一下。

我们打趣她:"你不怕曹老伯真的掏出传家宝,要你嫁给他孙子?"

艳儿护士得意扬扬:"冲着老伯对我这么好,他孙子要娶,我就嫁。"

哇,幸亏曹老伯送的只是一袋旺仔小馒头。

## 世上没有如果

一直安安静静的手机，傍晚时分，突然连连发出"嘀嘀"的声音，是微信在不断地收到信息。

我一看，我们医院的"胸痛中心群"炸了锅。

一名六十岁男子，在下午五点半，独自挂急诊号看病，走到抢救室门口时，突然倒地，当时心跳停止，随即呼吸停止。急诊医生一边全力抢救，一边通过微信通知心内科介入医生赶赴现场，争取有一丝救治机会。

此刻我已经下班回家，我虽然身在家里，但也不由得心揪在一起，时刻跟踪病人病情进展，期待新结果出现。其他微信成员也一样，有人在问情况如何，有人在出谋划策，有人在远程分析病情，大家七嘴八舌，就像网络会诊一样，好不热情。

"室颤，电除颤成功，广泛前壁心肌梗死。"

"恢复自主呼吸。"

"满肺湿啰音，血压垮了。"

"准备进导管室。"

"电话联系家属,在外地,不能签字。"

"电话录音,总值班签字。"

"再发室颤,电除颤成功。"

"准备上台。"

"室颤,电除颤。"

"准备IABP(主动脉球囊反搏)。"

"阿斯发作。"

"应激性溃疡,消化道大出血。"

"紧急输血。"

"……"

一条条微信给我们希望,又让我们的希望破灭。不在场的医生们都沉默了。随着病人的并发症越来越多,生的机会越来越渺茫。

凌晨三点,微信群里,当班医生发出最后一行字:

"……"

我们知道,病人已经回天乏术了。

第二天早上,我一进办公室,主任劈头问我:"昨天半夜抢救的那个病人,下午看过你的门诊,你记得吗?"

我心里"咯噔"一下,难道我漏诊了?我害了一条命?血一下子飙到了头上,如果现在给我量个血压,必然是高血压。

"哪个?"声音都是颤的。

"那个血压蛮高的,在外科照顾母亲的,想起来不?我看你签了一堆'拒绝'。"

原来是他?

我呆在当下。我当然记得他。

昨天下午，刚开门诊，有几个老病号正等着我，我正跟第一位病人问了几句病情，他冲进来，手里的号直伸到我面前："医生，先给我开点儿血压高的药，楼上的医生要我下来找你。"

楼上是指住院部。我纳闷："住院的病人不需要在门诊开药，你要住院部医生开就是了，不用挂号。"

"不是的，我在十二层照顾母亲做阑尾炎手术，头晕得不行。医生给我量了个血压，说是240，要我找你。你赶快给我开药，我还要照顾病人。"

哦，原来是病人家属，一边招呼病人，顺道看个病，也蛮占便宜的。当时我还这样想。

"你前面还有几个病人……"

老病号挺通情达理："让他先看吧，自己病了，还要招呼病人，也不容易，孩子呢？"

他一边谢大家一边解释："孩子都在外地，工作忙，我没事。"

他的血压非常高，血压计直接到顶，根本量不出数字。这样怎么招呼病人？他随时可能脑出血、心衰、夹层破裂的。

我说："你得马上住院，我给你开住院证。"

他一副吃惊的样子："那怎么可能？哪里有这时间？母亲病了，家里一摊子事。"

我让他做些检查，他急得摆手又叹气："你只开点儿药给我吃就行了。我身体好得很，一辈子没去过医院。"

我实在没辙："要不，我给你孩子打电话，让他们回来照顾你们，好吗？"

他气得站起来："你这个医生怎么这么啰唆，你要开药就开药,你说不敢开我就走,尽啰唆个什么!"

我也摇头,叹气,请他签字,给他开了药,千叮咛万嘱咐,一定求外科医生多给他量几次血压,一旦感觉不好,赶快再找心内科医生看看。

旁边的病人七嘴八舌批评他不知好歹,他有点儿不好意思,给我道歉了,但还是拒绝了我的每一项提议,拿着药方匆匆走了。

当时是下午两点多,他发病的时候是下午五点多,如果这三个小时,他留给了自己、留给了医生,那么,医生也许能还他一个漫长的余生。再往长处想,他这高血压也不是一天半天的事了,有可能已经发展了十年八年,而如果他在平时的生活中抽出一点儿时间去医院一两次,也许,就根本不会有手术台上的抢救惊魂了。

现在他走了,谁照顾卧床的母亲?他的孩子们,又该多么舍不得他。

如果他能够稍稍自私一点儿,为自己多考虑一点儿……

可惜,世上没有如果。

## 女汉子医生的眼泪

祝医生是出名的女汉子。个子娇小,铅衣穿着一站就是一天,有次从早上十点做手术到第二天凌晨四点,衣服换了几身,人没下过台。还有一次,她人在家里,突然急诊手术通知到她,当时她老公在千里之外出差,她硬是把八岁的女儿一个人丢在家里过夜,飙车时速一百公里以上到医院来。手术一成功,她边脱铅衣边往外冲,人家说:"祝医生您先休息一下。"她说:"我要趁我女儿睡醒以前回家。"

这样的事情,有些当妈的会觉得她心狠,年轻人可能更觉得她是被洗脑了。但我们当医生的都懂:她来了,孩子可能醒也可能不醒,可能哭也可能不哭,可能出事也可能不出事;她不来,院方得另外找人,时间一拖延,病人就多半……

多半和可能,总得选一个。

就这么一个人,却有一次哭得稀里哗啦。

那次,是祝医生的母亲做冠脉造影。

祝医生的父亲早逝,母亲怕给姑娘添麻烦,一个人住在老家,平素心脏不好,常发心绞痛,也不告诉她,自己去医院拿点儿药吃就算了。祝医生忙,也没有什么时间回去看看,根本不知道。

这次,老人家严重的心绞痛发作,当地医院不敢轻视,坚决要求见家属。老人家没办法,通知了祝医生。到底武汉也是大城市,几下一合计,就把老太太转到我们医院来了。

事先,老人家就表示,坚决不放支架,否则,连冠脉造影都不做。怎么做工作都不行,她认定,到了需要放支架的地步,就说明命不该活,不必苟延残喘。大家你一言我一语地商量着:先做冠脉造影,兴许老人看了自己血管的情况,理解了支架的作用,就同意了。祝医生若有所思地摇摇头,什么都没说。

按道理讲,医不自医,家人做手术,祝医生不应该上台。可谁都拗不过她,祝医生亲自给妈妈做了穿刺。造影剂一通过冠脉,大家都清清楚楚地看见,老人的右冠狭窄至少80%,祝医生的眼睛当时就红了,人就僵住不能动了。

主任二话不说,接过她手中的导管导丝,继续下面的操作,祝医生悄悄下台,回到监视间,眼泪瞬间下来了。这样的冠脉意味着什么,还有谁比心内科医生更了解?大家叹气,真是怕什么来什么,心想的好事都不成,万万不想要的坏事逃不掉。

我试探着跟祝医生说:"要不,不告诉老人,直接把支架放了?"

祝医生一边摇头一边哭,什么都不说。我懂她的意思:自己的母亲,自己最了解。

祝医生是我们的同事,就像兄弟姐妹,祝妈妈在我们眼里,也就像家族里的一个长辈亲人。就这样,这么多心内科医生眼睁睁看着，祝妈妈带着严重的冠脉病变离开了手术间。很多事情，想做，也能做——却什么都没做。

没有人去安慰祝医生，因为大家也想哭。

说实在的，医生全身心都想着怎么为病人好，能多为病人排忧解难，到自己家人面前，却往往无能为力。不是没有实力去做，而是在家人面前，医生也只是儿子女儿，而不是一个医生。

一位全国权威级的心血管专家有一次给我们讲课，讲到心内科的药物治疗，突然提到自己的母亲：也是严重的心绞痛发作，每天药不离身，吃的是些名字奇奇怪怪的救心丸、保心丸，一个正规的治疗用药都没有。专家推荐的药，老人一概不信——都没有名，没听说过；推荐去看另一个专家的门诊，老人也不去——你们医生就会吓唬人。

专家已经六十岁开外，在心血管界，他的话说出来是响当当的，但在他母亲眼里就是：你小孩子懂什么？越强调、越保证自己的话百分百属实，母亲越把他三岁尿炕七岁偷钱的底子翻出来：你的话，信不得。

专家没有哭，相反，他带头笑了出来，讲台下的医生也跟着笑。他笑里的无奈，我们懂；我们笑声里的感同身受，专家也一定懂。

要怎么样，才能让家人相信身为医生的儿女，真的是专业人士？不会缝扣子，不能证明不会缝合伤口；没条理，不能说明看病就一定没有章法。

什么时候，能让医生把十八般武艺都使得出来？没有任何阻拦，不管是经济上的、精神上的、政策上的、家庭上的……

让医生能全心给病人看病治病吧，也许，医生不会再有无奈和遗憾的眼泪。

病房，心房

### 你到底在怨什么

值夜班，我在办公室忙些文字工作，就听着外面吵吵嚷嚷，间或有"啪啪"拍桌子的动静，声音比较远，像从护士站传出来的。微微不安。又一想，有值班医生在外面，有事儿会通知我的，我又忍着不动。

过了十来分钟，声音不见小，我按捺不住，站起来去看看。护士站外围了一群看热闹的病人和家属，都瞅着一个六十多岁的男人在嚷嚷。值班医生，还有夜查房的护士长都在劝，陪着当班护士在给男人道歉。

男人一副不依不饶的样子，一个劲指责："你们道歉有什么用？嘴巴一张话就来了，明天给我下点儿药害我，我也搞不清楚啊！我们患者都是弱者，随便你们摆布，你们只晓得赚钱，不把我们病人当人，医院就是黑良心啊，没有责任心，坑我们老百姓的钱，你这个丫头看着年纪小，心黑得狠啊……"

他见旁边看热闹的笑嘻嘻，把打着套管针的手一伸："你们看看，我的血都出来了，她们怕担责任，硬说是正常的。"有也打着套管针的病人低头看自己的手："哎，是的啊，我的也回血了。"真是看热闹的不嫌事大。

我悄悄问护士怎么回事。护士还没张口，掉了滴眼泪，只一滴，倔强地抹去，告诉我事情原委。

原来，护士打针、发药是要遵循"三查七对"制度的，再熟悉的病人，打针发药时也要问一遍："您叫什么名字？"再把药跟牌子上写的对一遍，确保无误才能给病人用。当班护士发口服药给这个男人时，按制度询问他的名字，再对着牌子告诉他，发给他的是些什么药。男人当下就火了，认为护士既不认得他，也不知道拿的是什么药，还要对着牌子念，太没有责任心了。

怎么讲也讲不通，请医生过来给他讲医嘱，刚好护士长到科室夜查房，也帮忙解释。人多嘴杂，他更认为是仗着人多欺负他孤身一人，恨不得一腔冤情要找包青天。就这么越扯越远。

我本就好打抱不平，本科室的护士遭受不白之冤，更是意难平。男人发完牢骚，见没有人理他，也就讪讪地准备去了，可我不乐意了：医生护士给你治病，你在别处受了气，凭什么跑到这里撒野？

"这位先生，我是值班的主任，听我说说行不？'三查七对'制度是医院为病人的安全制定的，如果您对医院的护理工作有意见，刚好护士长在，您可以跟她提建议。护士严格按照制度工作，您不理解，有埋怨是正常的，现在您知道了，应该表扬她认真工作才对。您看她的年纪，应该比您孩子还小，您肯定也希望您的孩子对工作负责吧，像您当年工作时一样。她宁可受委屈，承认错误，给您赔礼道歉，为了让您能舒心地养病，您总要理解她的一片好意，消消气吧？"

男人瞠目结舌，大约没想到有人说话这么硬。旁边医生悄悄拉我，显然是觉得息事宁人事大，稳定和谐才是第一位的。

我也怕，万一他去医务科告状，全是我的错。但我更气，明明我们是占理的，你到底在怨什么？

我强撑着站在那儿，看着这个男人。

终于有旁人打圆场，是熟悉的病人家属："算了，又没什么大事。你刚来，不晓得医院就这规矩，我们在这住了多少回了，天天问叫什么名字，像不认识的。这不是在自己家里，在人家的地头，要守人家的规矩，你以后就见怪不怪了。再说，人家护士都给你赔不是了，你赶快吃了药去休息，别血压又高了。"

男人见大势已去，跺跺脚："反正我讲不过你们。"一扭身走了。

刚刚抹眼泪的小护士，什么也没说，最后擦一把脸，端着药盘跟到病房去了。我担心，还站在原地等着，等她端着空药盘回来，宽慰她："没事儿吧？"

她抬头，眼里又汪起泪。

一个陪护的中年妇女拿挂香蕉递给她："拿着，拿着，不要跟那些不懂事的人计较。你真不错，小小年纪忍得住，应该给你颁发委屈奖。"

护士到底年纪小，破涕为笑。

## 心里有气，吐不出来

她是第二次来看我的门诊。

第一次，是个男人陪着她，手里提着厚厚的资料袋，全是她的过往病历。男人郑重地把病历递给我，要我一定给她看看。问是什么症状，说：她总是胸里胀气，要叹出来才舒服。

——其实，看到那么厚的一叠病历的时候，我心里已经有数了。多少大医院都去过，中西医都看过，还能有什么病剩到我手里呀。

我一边看病历，一边打量病人：她才二十三岁，身材略丰满，五官是古典的鹅蛋脸，很美，眼神温顺。男人大约四十岁，打扮时尚，放资料的时候，随手把拎着的车钥匙也搁桌上了，是宝马。两人这年纪也像夫妻，也像父女，也什么都不像。

病历看到底，和我想的一样：所有科转遍了，每一种常见的检查都是阴性，没有任何目前可以确诊的疾病。但是，能说她没病吗？她就坐在我面前，表情没有什么太大的烦恼，可是隔一会儿，就长长叹一口气，过一会儿，又长长地叹一口。像是肺里有吐不尽的气一样。

也许是生活中有什么不如意的地方？

她摇头：都没有。男的妈不在这里，小孩在老家，她自家妈妈给带——我暗想，那他们俩是夫妻咯。他们两个都不是本地的，男的过来开公司，她跟来了。也没做事，每天逛逛街，购物、美容。说得无精打采，每一句话都长长叹息。

许是太闲了？无聊？

我问她："你运动吗？"

她还没回答，男人抢先说："她可爱运动了，人家一天二十四小时，她是一天二十八小时运动。"说完呵呵笑起来。

见我不解，他比画了个玩手机的样子："就是爱手指运动。深更半夜不睡觉，躺在床上玩手机，说要刷朋友圈，你说是多重要的事。要我看，就是玩手机玩坏了的，肯定是躺着压到胸口了，所以气不顺，颈椎也吃亏。医生你劝劝她，少粘着点手机。"

她不承认也不否认，看着他，略带歉意地笑几声，又长叹一声。

我笑笑，不置可否，现在的年轻人，谁不是重度手机依赖症。都是这样，看不惯也得接受。老夫少妻，对生活的态度会有很多不同吧？就像两代人。

还是劝她："你出去找个事做吧，就算不为挣钱，起码是社会人，有同事往来，生活圈子大了，操心的事多了，也许就好了。"

无药可开，但他们两个都汪着眼睛看我，只好开个维B："谷维素，对脑神经好。"

我说的"神经"两个字可能刺激了男的。他们都出了门，还听见走廊传来男人唠叨的声音："跟你说不要总是玩手机，把人搞神经了,要看精神病的……"这男的,管老婆像管小孩似的。

昨天,他俩又来了,还是拎着厚厚的病历资料袋。我还记得她,关切地问她好些没,她摇头,又深深地叹一口气。这种情况有时确实很难自我调节,我暗想要不要给她开点药吃。

到这时男的才发现挂号没用医保卡,这样药也得全自费,又折身去换号。

正好没人,我就和她聊聊天,问她最近如何,找到事做没有。她说:"有了,在男人单位里做些杂事。"说完,又长长叹一口气。问她有没有什么高兴的事,她再叹一口气:"没有。"

我很困惑,盘根问底:"真的没有什么让你困扰的事吗?也许藏在你的心里,连自己都不愿面对。我不是好打听,我是医生,我不能帮你解决问题,起码我可以听,也许你会愿意正视问题。"

她犹豫了一下,欲言又止,说她离过婚,上次提到在老家的孩子,是和前夫的。他——她往门外看了一眼——不喜欢这个小孩。

我突然心一动,也向门外一指:"你跟他领证了吗?"

她松了口气的样子,窗户纸捅破,反而打开天窗说亮话了。

原来,她在上一段婚姻期间,认识了这个男的,真是动了心,不管怎样也要离婚。前夫不要小孩,她就把小孩丢给娘家,一个人到了这里,跟这个男人在一起一两年了。

男人呢,到她家见过父母,在单位也介绍她是老婆,可就是不提结婚的事,也不带她回老家。每次她提起,男人就岔开话题。她心里不踏实,又不想跟男人扯皮,想起来,就闷闷不乐叹一口气,不知不觉,就变得即使什么也不想,坐下来也会不自觉地叹一口气。

也这把年纪了,有些事没法不懂。本想脱口而出的话,到了嘴边,我想了想,稍许委婉地说:"你有没有想过他可能……已经结了婚，在老家有女人？你随便问问你的朋友，大家第一反应肯定都一样。"

她又长长叹口气："怎么可能没想过？问题是就算他结了，我也没得办法了。婚也离了，前夫恨我，家里老人也骂我，孩子视频的时候都和我不亲，我也回不去。"

我说："那你找朋友商量一下？"

她叹一口气："我在这里没有朋友，都在老家。而且，找他们也没用，当时他们劝我不要离婚的，我也没听。"

男人换号回来，我要他在外面等，他咧咧嘴："怎么，要话疗？"讪讪地出去。又有其他病人进来，我也劝出去。

我俩头凑着头，窃窃私语，像密谋。

我劝她："你应该跟他把话说明，如果不像我们想的这样，你俩感情好，总会有结果；如果他真有老婆，你要自己拿主意，这样的生活有没有出路？不管怎么样，不能把自己依附在别人身上，你年轻，孩子不跟着你，你是一人吃饱全家不饿，你怕什么，干什么工作不能挣口饭吃？他再有钱，不是你的，花得没有底气，不理直气壮，你有手有脚，有工作，就能养活自己，靠自己还是踏实点吧。"

男人又进来嚷嚷："紧讲话有什么用？医生你给她开点药吃。"

我看看男人，又看看她，说："我觉得她现在还不需要吃药，有比吃药更有效的办法，就是改变生活方式。她年轻，不会总是这样的。"

她眼睛亮着，冲我点点头，这一次，没有叹气。

谁都不喜欢医院，
但谁都离不开医院

## 防火防盗防妈妈

又迎来了武汉著名的盛夏。

每天天气预报高温三十八摄氏度,但感觉绝不止于此,四五十摄氏度都有可能。走在路上,有种要被蒸熟的感觉,呼吸进来的空气都灼烧着胸腔,让人忍不住想屏住呼吸。一身汗,争先恐后地往外冒,到了皮肤上,空气比体温还好,它们也蒸发不出去,就挂在皮肤上,湿答答的,人像穿了件厚厚的湿雨衣,要多难受有多难受。

今天不是我的门诊,是科室通知我,消防官兵来做消防培训,要求人人到场。我到得稍晚,刚从炎热的室外进来,浑身还冒着热气,看到那些触目惊心的案例,真是汗毛孔都凉了:有烧得焦黑的屋子,有烧伤严重的人,有爆炸的火光熊熊……

消防官兵们对我们说,不仅自己要注意防火,家里有小孩有老人的需要格外注意,小孩要教育不要玩火,老年人要尽量少使用明火、多用电器,以避免安全隐患。

巧了,正好我前几天看了一本书,里面提到一种大概是叫"老太太烧伤/烫伤"的情况,说老年人在家里经常穿得比较累赘,有时候就会碰翻水壶或者衣角着火。而老年人的感官系统用了一辈子,年久失修,不那么灵光了,等他们发现出了事已经来不及了……

我不禁担心起妈妈家三十年的老房子来,眼前仿佛看到那些老化的电线、一堆堆的书报纸张、各种碎布头、长年攒下来的塑料袋……都是易燃物啊!我妈,我妹,我外甥女,全属老弱妇孺,有人给她们安全培训过吗?万一失火了,她们会逃生吗?我越想越担心,下定决心,一定要回去一趟,现学现卖,给她们做做消防培训。

家里门窗紧闭,空调呼呼地吹着,大花猫杜威四肢着地趴在客厅中央,倒是凉爽惬意。

我劈头先问九岁的外甥女小年:"你会消防逃生吗?"

小年莫名其妙地点头:"会啊,学校演练过,排着队下楼。"

"你会灭火吗?"

小年吓到了,连忙摆手。

我妹,我们叫她老三的,从电脑前漫步过来,随随便便说:"消防嘛,我原来在单位上班时都培训过,谁不会?"

我松口气:"你会啊?还把我担心的。那我问你,打比方现在你的电脑着火了,你怎么办?"

老三理直气壮:"这还不容易?把电源关了,泼杯水就行了。"

我妈拎着鸭子从厨房出来,右手还拿着菜刀,老牌理科生,到底不一样,直接鄙视道:"哪有你这么蠢的?电器着火不能用水,再说,显示器遇水会爆炸的。"

病房，心房

我崇拜地看着妈妈，满心期待地问："那你说怎么灭呢？"

我妈犹豫了一下："要不，把阳台上种菜的土铲—铁锹，倒上去？"

我晕，来得及吗？我大叫："用灭火器啊！"

"哎呀，"我妈担心了，"我还不会用呢。"

家里没有现成的灭火器，我找了喷水壶，大概模样差不多，教大家怎么拎，怎么拔栓，怎么喷。都模拟了一遍，我的心总算放下了。

歪在沙发上等妈妈的饭，突然闻到一股煳味，我大叫："妈，你的鸭子煮煳了。"

"我在厨房呢，一锅水，没煳啊！"

咦，我仔细嗅嗅，是煳味没错呀。推窗探头，似乎空气中也有点儿煳味。院子里一片明晃晃，全是阳光，一丝火影也看不到。

肯定有什么煳了，这到底是家里的还是外面的？难道说消防，火就来了？大家都紧张了，到处找，没有火啊，可煳味越来越浓。怎么办？跑吗？好像和应急预案说的不一样啊？

我和老三面面相觑，要不，问问119吧。119很镇定，问明情况，建议先关闭所有电器，开窗通风，如果五分钟之后还有煳味，再联系他们。

总算有人指明方向。于是，关空调、关电脑、关排气扇，开窗。突发事件，让小年十分兴奋，她像个小大人似的帮我们开这个关那个，像条小狗一样四处嗅着。终于，小年回头疑惑地指指厨房："二姨，我怎么觉得还是从锅里传出来的煳味？"

大家蜂拥进去，掀开锅盖，一锅汤咕嘟咕嘟冒着泡呢，没事儿。老三手欠，把旁边空着的锅盖子也掀开看看，顿时一股煳味涌出来，老三尖叫："妈，这是什么呀？"我探头，一锅焦黑得分辨不出形状的东西，都已经被煮得不剩什么，紧紧贴在锅底。所以隔着透明锅盖看，以为里面是空的。

我弯腰探头，果然看见，在它底部，灶头上正燃着最小最小的火头，是非常浅非常浅、一点点闪光的蓝，不细看真看不出来。我立刻"啪"的一声把火关了。

我妈恍然大悟："哎哟！早上到菜地摘了苔叶子，我看有点儿老，想烫下子，刚好你回来，我就关了小火，谁知就忘了。"

我哭笑不得："我还问你是不是锅里煳了，你都想不起来。看来你真是老了健忘，以后，你说的话我们都不能当真，要检验。"

老三点头称是："防火防盗防妈妈。"

还不放心，我直接就下单买了一堆消防器材，包括一个小号的干粉灭火器——没办法，大号的我担心我妈举不动。

病房，心房

## 为什么得病的是我

姜老师是理工大学的老师，沈阳人，教了一辈子汽车发动机原理，现在快八十岁的人了，每天坚持早晚各慢跑四公里，跟着女儿的户外群去远足，小伙子都没他耐力好。他不抽烟，每天二两白酒，他有自己的一套：就跟汽车要烧点儿机油、没事儿要开出去遛遛一样，人，得喝点儿酒活血，再运动运动，这心脏，才能跟奔驰汽车的发动机一样，耐用。

自己好运动，也带着老伴运动，打乒乓球、太极拳、舞剑，不亦乐乎。两个人进进出出，邻居看着，善意地打趣："你们这么运动，是不是太过度了啊？毕竟快八十岁的人了。难道想活一百二十岁吗？"姜老师不乐意了："我才七十八岁，还年轻着呢，你们以为像乌龟一样不动，就像乌龟一样长寿吗？"

他在电话里向女儿吐槽，女儿安慰他："爸，您是逆生长的七〇后，他们都是被时代淘汰的人，观念落伍了，当然没有共同语言。"

反正,老两口还真没上过医院。

这天,出事了,出大事了。

姜老师趁国庆节,带老伴回老家看看。兄弟姐妹都回去了,一大家子人,热闹。姜老师中午照旧喝点儿酒,下午正打麻将呢,觉得胸口闷得有点儿不舒服,汗也下来了。内心犯嘀咕,还不好意思对众人说,把老伴拉到一边,悄悄告诉她。说着说着人就歪了下去,把大家唬到了。幸亏有个侄子是市医院外科医生,一边进行心肺复苏,一边联系心内科,超速飙车,半个小时送到医院,是心肌梗死。幸亏就医及时,紧急开通了血管,放了支架,姜老师的心脏,又开始"扑通、扑通"跳了。

老家毕竟是小地方,医院稍微差一些,又包了车,千里迢迢送到武汉的医院住着。姜老师子侄众多,就有一个,一路护送过来,在医院帮忙陪护。

老伴心想,人安全了,也有侄子照看,自己回家拿点儿住院的水瓶、脸盆、拖鞋之类。东西拎着出门,碰到邻居打招呼,问:"去哪儿呀?拎这些干吗呀?"

邻居也就是随口一说,未必真想打探什么。老伴一下子心里慌了,天天锻炼身体,都说身体好,怎么好意思跟人家说得心脏病呢?就胡乱说:"去女儿家。"

邻居奇怪:"你女儿不是在广州吗?你去那么远还带洗漱用品?至少也拎口箱子呀。"

老伴面薄,支支吾吾说:"嗯……是她回来了,她住酒店,我给她送东西……"不知道说什么了,夺路而逃。心里埋怨姜老师,兴许人家说得对,就是运动过度。没错,发动机要经常遛遛,可那也得省点儿用呀,没听说过,跑几十万公里就得强制报废吗?姜老师呀，跑多了。

回到医院，姜老师也郁闷着呢，正跟侄儿唠叨："我身体这么好，生活方式这么规律，我还天天锻炼，一万人得病也不应该是我得病呀！就得了心肌梗死，还放了支架，这奔驰的发动机就报废了？"

侄儿说："大伯，你爱喝酒呀……"

姜老师更急了："我量控制得很好的，我也不是酗酒，那一两小杯的量，年轻人有时候吃个酒心巧克力也就有了……"

躺在病床上，姜老师正长吁短叹。待老伴来了，说起与邻居的遭遇，姜老师简直觉得是被打了脸，一辈子抬不起头见人：自己不成了那种什么甩手、打鸡血、喝红茶菌、练气功……的傻子吗？以为是科学，原来全是伪科学。

他又开始怀疑医生的判断："小地方的医院哪里行？当时就不应该在老家做手术，就应该回武汉做。万一是搞错了呢？白白挨一刀遭些罪……"

怨来怪去，姜老师百思不得其解，接受不来，最后恨起自己的专业来：研究了一辈子发动机，没研究好自己这台。

姜老师的女儿跟我是中学同学，一接到父亲生病的消息，第一时间打电话给我。正好是我本行，我尽力给了她意见。现在她从广州赶回来，也是一落地就约我一起去医院。从小，我不知道在姜老师家里吃过多少次大馅饺子，这种事儿义不容辞，费劲地挪出半天假，就比姜妈妈晚半步到病床。我们去的时候，姜老师躺在床上，老伴坐在床沿，老两口一言不发，光愁眉苦脸对看着。

我先吓了一跳，以为医生给了一个非常不好的诊断。一问，我哑然失笑。

我跟姜老师说："锻炼绝对不是伪科学。您如果觉得锻炼了还得病是亏了，那很可能您不锻炼，二十年前就倒了呢？"

姜老师不语，倒是他侄儿说："我们家有家族史，好几位老人都六七十岁就发了心脏病。"

"再说了，心梗是个较常见的病。在哪个城市哪个医院都是这么个治疗。您做手术的医院，正正经经在网上查得到，也是个三乙，治疗方案、用药都是常规的，这个我可以保证。"

姜老师说："我也不是真不信任医院，我还是感激医院救我命的。但是，我这年纪，还要被人笑话……"

连他女儿都急了："知道这么大年纪了，生个病难道不正常，还会有人笑话您？爸，您想多了呀！再说，您要真不想理会闲人，等病好了，到广州和我住。"

姜老师这才稍稍舒了舒眉头。

生老病死，是自然规律，谁都抵挡不了。对于七十八岁的老人，动脉硬化是不可抗拒的。医生天天讲低盐低脂饮食、运动、保健、吃药，并不意味着这么做了，就不会生病，只是相对延缓疾病的发生；而谁会得病，原因太多，几本书都写不完，从基因开始，到环境污染，但凡你想得到的都算。

有些病确实跟个人习惯有关，但也有可能无关。就像抽烟的人会得肺癌，但也有许多肺癌患者一辈子一根烟没抽过。还有，胖子容易得糖尿病，但也有很多I型糖尿病患者根本不胖，从来就没胖过。

所以，生病不意味着你是罪人。不用自问，为什么得病的是我？

对于疾病，也要学会任它既来之则安之。如何接受疾病的存在，积极面对它，才是最重要的问题。

## 么么哒

今天，我被一句"么么哒"蒙住了。

开学季，总有许多大一的女孩子来看病，原因无他，军训中或者军训后晕倒了，胸闷、心慌。也是，大热的天，在太阳下站着操练，对于这些常年坐在书桌前、从来不锻炼，还节食减肥的孩子来说，是挺辛苦的。

大部分并没有器质性的疾病，常见的是血管神经性晕厥，甚至也有敏感的孩子，看到其他人晕了，也身不由己跟着倒地，这一般属于"癔病"的范围。不是装病，也是病，但没什么可治疗的。

这些，当医生的听听、看看，多半能判断。可是，老师紧张，孩子害怕，家长更是被吓得魂不附体，岂是一句"没事"能打发的？还是都常规做做检查，确实各器官良好，再开点儿维C泡腾片之类的准安慰剂，才能皆大放心，该干什么干什么。

今天，来了个十七岁的女孩子，也是军训晕倒了，估计当时症状不太重，老师都没陪着，就叫她自己到医院来看看。我没有太在意,体检完,简单开了检查让她去做,果然都正常。我埋头写病历,边跟她说:"没事了,回去观察,多喝水,如果再晕倒了再做进一步检查。"

女孩子一听愣住了:"完了吗?就这样吗?你都不给我开病假条吗?"最后一句话几乎有点儿委屈的意思。

我笑:"这有什么好休息的?你又没有病,每天早点儿睡觉就好了,多锻炼身体,就不晕了。"

女孩子急了:"我一个寝室五个女生都开了病假条,在××医院,我本来也是要去的,可太远了,我在车上睡着了,坐过了站,就到你们医院来了,我花了三个多小时才来一趟,医生你就给我开个病假条吧。"

现在大学校区整体外迁,大学校园都在离城很远很远的地方,好处大概是隔绝了诱惑,让他们能好好学习,坏处是实在让这群青春的少男少女像笼中鸟一样插翅难飞。

我看孩子说得可怜,三个多小时的车换一天休息也不为大过。一时心软:"好,好,给你开一天病假。"

孩子一听更急了,摇着我的胳膊撒娇,就像女儿抱着妈妈一样,还长长地"嗯……"了一声:"不要嘛……医生,我跟妈妈讲我晕倒了,妈妈说要在老家给开五天呢,我嫌他们少,说自己来开,谁知道才能开一天?医生阿姨我求求你,给我多开几天嘛,好不好?求求你了。医生阿姨,不,医生姐姐,你一看就是好人,人美心好,我爱你,么么哒。"

女孩子"噼里啪啦"说了一大堆,我这中老年妇女的心,瞬间被这句"么么哒"融化了。是呀,小病大休,不太合适,逃了军训的时间,她多半也就是刷手机、逛街、和同学们吃吃喝喝,但是……要拒绝她，真的好难。

旁边站着个中年女病人，手里拿着检查结果等着看，理解地冲我笑笑，喊女孩子："你还不快放开医生的胳膊，你抓着她，她怎么给你开病假条啊？"

女孩子松开手，但丝毫也不肯放过我，趴在我面前的桌上，大眼睛忽闪忽闪的在无声地求我。

我一边给她开假条，一边自嘲："你妈肯定放心你，有这句么么哒，走遍天下都不怕。"犹豫再三，还是开了三天。

女孩子还在嘀咕："可是我妈妈说要开五天病假条的……"

我说："你在这里读大学，假条在家乡医院开的。你要真得了大病，不会从大城市去县城看病吧？人都没到场，你说这假条能不能真？你交上去，辅导员、系里的老师认不认？"

女孩子像被突然点醒了："医生姐姐，你说得好有道理哦。"

她小我至少二十五岁，一口一个姐姐，我实在抵受不住，赶紧把病假条给她："知足吧，三天假也不错了，够你好好逛逛武汉了。"

女孩子眼睛亮亮地说："就是就是，才知道开个病假条这么难，我妈要开五天病假条，得说多少个么么哒呀！"

我暗自笑得肚子都要抽筋。旁边的中年妇女冷静地说："要是你妈说，只要一句，保证要多少天开多少天。"

女孩子不解地看着她。

中年妇女突然调皮地跟我说："医生姐姐你好可爱啊，么么哒。"边说边摇头晃脑。瞬间又回到一本正经的样子，严肃地说，"医生想，这人有神经病吧，赶紧开了病假条，打发走。"

我再也忍不住，大笑起来。女孩子也笑得眼泪都掉出来了。

哎呀，青春真好，么么哒。

## 天上不会随便掉馅饼

这个故事是妹妹讲给我听的。故事主人公是她的同行,常年驻日本从事新闻记者工作。

有一次,日本某大医院出了个丑闻,有消息说医院乱开检查,忽悠病人多花钱,得个感冒也要做个心电图检查。

记者没有捕风捉影、随便写篇报道赚取吸引力,还是老老实实联系了医院,想去找医生聊聊事情缘由。

大体上,各国医生碰到泼污水的事,态度都不会很好。日本亦不例外,医生说话还是客客气气,可姿态明显是抵触的。记者心想,做贼心虚吧。

还是提问:"为什么给感冒患者做心电图检查?"

医生很有礼貌地反诘:"恕我冒昧,当时医生还没有来得及做完所有检查,并未做出只是感冒的确诊结论,也没有其他医疗机构的诊断书上如此说。"

记者被噎了一下,说:"感冒是常见的病,病人还是可以自己判断的吧？"

"当时病人主诉是：鼻塞流鼻涕、发热喉咙痛、倦怠乏力。这些症状确实有可能是感冒，但也可能是很多其他疾病的症状。病人不是医生，没有受过专业训练，没有处方权，怎么可以给自己下诊断呢？医生根据不同的病人、不同的表现考虑不同的疾病，是正确的临床思路，再结合必要的检查才能得到明确的诊断。"

记者弱弱地抗辩："这个……但是中国有句俗话说：久病成医。一个人对自己的身体还是有一定的发言权的吧？"

医生多少有些动气，但表面上还彬彬有礼："记者先生，如果你去某一家医院，接诊你的医生，告诉你，他并不是上过医学院，读过很多年的医书，做过多年住院医师，而仅仅是因为多年生病，有了自己得病的经验，就成为医生。你会接受他的看诊吗？"

话说到这份上，记者接不上话。但心里并不以为然，暗自嘀咕：难道谁得了感冒自己还不知道？

采访眼看进入僵局，医生已经毫不留情地抬头看表，这是要赶客的意思了。记者到底还是想把采访进行下去，正在想辙，忽然灵机一动：刚好前几天大雨，记者也得了风寒感冒，这几日正身体难受，没有力气，觉得有些胸闷憋气，没有当回事儿。此时就搭讪地跟医生说："其实，我也有些感冒了。"一二三四五，把症状给医生讲了一遍。

不料医生一听，立刻一脸严肃地说："那你需要做个心电图检查。"按铃叫护士小姐送平板车来。

记者一惊：怎么乱开检查居然开到自己头上了？再一想：不入虎穴，焉得虎子？做做就做做。顺从地按照医生的安排躺到了平板车上，心里想：我这也算为新闻采访事业现身说法了。

做完心电图,他刚想起身,医生已经按住他,用接近严厉的口气说:"别动,一动也不用动。请立刻通知你的妻子到医院签字,你需要立刻准备手术。"——他是急性心肌梗死,那些被他当作是感冒的小难受,全是心脏在发出最后的求救。

就这样,他七进手术室,心脏放了五根支架。其中,第一次是探查,还有一次是手术失败。

听到这里,我打断妹妹:"为什么他进行了七次手术?就算急诊不能开通所有血管,也不需要七次吧?日本是心脏介入很先进的国家啊!"

妹妹不懂医,耸耸肩:"我哪里知道?不过我们在群里讨论这件事的时候,也有人说他应该回国来看病的,也许就不用做七次了。"

我嘲笑:"那他的命都没了。如果他回国,第一,他当时的情况根本不可能转院。第二,国内的医疗手段其实比不上日本,太复杂的病变,也许医生就不给他做支架,直接让他去搭桥,那是要开胸的。而且最难得的是,在日本,医院和患者都接受了'手术会有失败'的观念,失败了还继续做。相反,如果在中国,你失败了,一定说明你是庸医,患者绝对就不信任你了,绝对会要求转院。"

妹妹说:"转就转呗,有何关系?"

我说:"关系太大了。支架手术的技术已经非常成熟了,在你身上失败了,说明病变复杂呀!第二家医院就有把握一定做成功吗?也不多收你钱,何必没事找事?另外,第一家失败了你不信任,第二家如果也失败了你能体谅吗?收你,是冒着吃官司、闹纠纷的风险的,谁家医院也不缺病人,遇到难缠的,一般医院都是能推就推,跟你说:我们医院技术不行,你们去北京,去协和同济。

是不是？如果在国内，他是不是可能没命？"

妹妹听得目瞪口呆："难怪大家都说他运气好，连医生也这么说。"

我点头："可不是，他运气真好。随随便便问问医生，就发现了致命的疾病；在一个医疗技术发达的医院发的病；医院又能坚持把失败的事情继续做下去，而不会得到质疑。如果在国内的舆论环境下，可能他根本没有机会这样问问医生，为什么给感冒的病人开心电图检查？可能他到死都不知道自己是怎么死的。"

妹妹若有所思："所以啊，运气不是天上掉馅饼，随便砸在谁身上。幸亏他是个认真的记者，愿意追究这么一件小事，救了自己一命。"

## 站不起来的男人

一天，妈妈打电话给我，说原来的老邻居王阿姨家的儿子病了，躺在床上不能动。王阿姨想请我去看看。啊！什么病这么严重？

王阿姨全家应该已经从我们小区搬走了，他儿子也多年没见了，但我还记得他。高三复习的时候，最后学校给我们放假，让我们回家自学。下午他都来敲门，大叫："姐姐出来陪我玩儿。"那一段他好像是因为腮腺炎什么的，没上学，不记得几岁，反正就是个齐我腰的小不点儿。

他岂不是小我十五六岁？才三十岁出头，这下子不能动可怎么得了？我性子急，嚷嚷起来："请我看干吗？我是内科医生。赶紧去医院，叫120，别等我。万一耽误了病情怎么办？"

我妈不屑地说："哎哟，他躺着不动也不是一天两天了，还怕你耽误他？早去医院看过了，医生说没病，才要你看的。"

我听得一头雾水，反正好久没回家了，刚好周末休息，本来也准备回家看看，就顺便应了下来。

周末回到家，一切还好：外甥女小年长高了不少，拿着学校成绩单给我看，告诉我数学考了第一，老师免了寒假作业。小孩真是不怕冷，大冬天的就穿着打底裤在屋子里窜来窜去。大花猫杜威老练地跳上我的腿，找了个舒服的姿势打起瞌睡。我也经常嫌自己太胖，是全家最胖的人，也是因此，我是杜威最欢迎的对象，我的大腿，就是它的宝座。妈妈准备了一桌子菜，全是青菜，得意地告诉我，都是自己菜地种的。不仅如此，她还给我收拾了一兜子，让我走的时候带走。我说："现在不怎么开火呀！"我妈说："你早上起来煮个面也好。"

懒懒地歪在沙发上，妈妈有一搭没一搭地告诉我小王的事。

王阿姨是老来得子，自幼宝贝得不得了，从来都是坐在自行车后座推着上学，脚不沾地。小王聪明伶俐，读书就业一帆风顺，可在事业单位工作得好好的，突然告诉王阿姨要辞职创业。王阿姨问他为什么，他义愤填膺地说了单位领导的许多不是，又是嫉贤妒能，又是重用小人。王阿姨说："你学的是企业管理专业，没有技术，又在机关待了这些年，没过硬的本事，没过硬的人脉，你创什么业？你能创什么业？"

小王说得掷地有声："别人开淘宝店都能年入百万！"

他不屑和家人商量，也不说干什么，一意孤行辞了职。

小王从此生活没有规律，早上不起，半夜不回，一出门几天不回家，不知道去向，打电话也不接，一在家又几天不出门，不是睡在床上发呆，就是在家里摔盆打碗。折腾了几年，讨债的开始上门，开始还和颜悦色，后来就威胁恐吓。老两口吓坏了，质问儿子，儿子索性消失了。过了几天打回电话，说在海边，跟他们做最后的告别，话筒里能听见海风的呼呼声，以及海浪拍岸的啪啪声。

王阿姨夫妻轮流和儿子讲话，苦苦求儿子回头，一家三口同声痛哭流涕，都说："反正活不成，不如一起走，黄泉路上一家人还有个照应。"小王毕竟是独生子，父母确实难以承受这件事。

最后，小王还是回来了，王阿姨卖掉了两套房子——一套是他们自己住的，另一套本来是打算儿子结婚用的——才渡过难关。也就是那时，王阿姨从我们院子搬走了。

我打断妈妈："到底发生了什么呢？"

妈妈说："不知道。"

别说我妈了，连王阿姨夫妻也不知道。这么大的事儿，他们怎么能不想知道个详细：是交友不慎，是惹上了赌瘾；是被人骗了，还是投资失败……问了能想出来的所有可能性，儿子只躺在床上，把被子蒙住头，仿佛真的睡着了。

之后的事，王阿姨很自责，总说是自己逼得太紧。我妈说："她呀，凡事都替儿子找原因。"

开始，小王还出门，王阿姨怕又有什么不对，难免会问几句："去哪里？见谁？"小王就怒了，说："你们不想我出去，我不去也罢。"

他无所事事，整天在屋子里晃来晃去，当父母的没法看他顺眼，就说："你这么大个人了，你天天出出进进，你哪怕把你踩脏的地板拖下子也是个事儿。"这次小王没回嘴，只是之后，他就很少出自己屋子了。

开始说失眠，睡不着，王阿姨还给他开了药。后来大概药效太好了，儿子八九点就上床，能睡到下午两点，醒了也不起床，躺床上玩手机，中间就起来吃两顿饭。慢慢发展到，不知道他几时睡几时醒，王阿姨他们吃饭也不叫他了，就把菜弄好了搁在厨房里，过半天一天发现光盘了，就是儿子起过床给吃了。从那之后，就没一家三口同桌吃过饭。

有一天，王阿姨穿过儿子房间去阳台，闻到尿臊味，问儿子，儿子说："懒得起来，尿床上了。"这么大还尿床，一定是肾的问题。老两口连忙叫120，把儿子送到医院，一番检查，没什么问题。医生听了小王的状态，建议转精神科。儿子坚决不同意，甚至发起脾气来，要求回家。回家后，又往床上一躺，说："身上没力气，不想起来。"

父亲说："总躺着，不是个事儿。"

王阿姨说："他心里累，等他想起来自然会起来。"

老两口只好在儿子床边放上尿壶、便盆，饭菜都送到床头，儿子脸不梳、牙不刷，天天躺着。

这样过了总有一年吧，一天半夜里，儿子突然声嘶力竭地喊"妈妈、爸爸，救救我"，唬得老两口衣服都没换，到儿子房间一看，儿子摔倒在地上，没头没脑地嚷嚷："我的腿，我的腿。"

王阿姨说对了一句，"他想起来自然会起来"，半夜儿子突然下地，不知道想干什么。只是她没想到的是，起来也不是那么容易的。儿子脚一沾地，人没站起来就倒下去了。

再送到医院检查，医生说："长期不运动，腿部肌肉萎缩了，只能康复锻炼。"

老两口面面相觑。儿子颤抖地说："那我以后还站得起来吗？"

康复是个痛苦的过程，每天王阿姨请人来给他按摩做运动，就是腿一曲一伸的动作，他每次都叫得撕心裂肺，最后都喊"让我死吧"或者"我就当个废人不行吗？你们就当我是被车撞瘫痪了，饶过我吧"。

但是这一次，王阿姨决定坚持下去。她在电话里跟我妈说："我已经过七十岁了，我陪不了他几年了……"不求儿子能自食其力，至少他得有能力自己上厕所吧？想来想去，她想到了我，好歹也是个医务工作者，说不定能从专业的角度劝他忍耐。

我黯然叹气。想当年，王阿姨四十多岁，怀孕生子，那时我才十一二岁，就记得她挺着肚子跟我们去游泳、跳水。小孩子生下来，我们一帮大孩子都稀罕他，逗他玩，王阿姨更是宝贝他，太一帆风顺了，稍微遇到挫折，就被打击成这个样子。

看来，我真要去看看他，聊一聊，希望他能咬紧牙，站起来。

## 不甘心

医院派我每周五到社区卫生服务中心坐诊,也有半年了。

刚开始常常忘了路线,下意识地拐到去医院的大路上,要恍惚一下才掉转车头,重新排队上高架桥——去社区卫生服务站的必经之路。

人果然是习惯动物,半年之后,就习惯了。社区服务站旁边有个很大的市场,我喜欢下了班去逛逛,买一周的菜,渐渐地,卖菜的都认识我了。我从不问价,当然也不还价,总在一个摊位买完所有的菜,偶尔确实需要别的啥再转去隔壁的摊位。这家老板总是热心地帮我打招呼:"给大姐称好点儿,她爽快得很。"

菜场如此,更不用说病人了。每周都有固定的一些"粉"等着问问、听听、看看,谁是什么病、吃什么药、有哪些问题,包括家里什么情况,我大约都清楚。三不五时添加几副新面孔,又过几天,他们也变成熟面孔。

一个周五,暴雨。大白天的,漆黑漆黑,就见一道道闪电划过天际。社区卫生服务站里除了医护，几无一人。难得的清闲，几个医生在办公室闲话着，进来个高个子婆婆，穿着雨衣，拿着雨伞，刚站定，地上就积了一个小小的水洼。服务站的张医生惊呼："龙书记，这么大的雨，您怎么来了？是哪里不舒服吗？"

婆婆挂雨伞，脱雨衣，不慌不忙，淡定地说："胸口总有些闷，听说你们这有个专家坐诊，我来看看。"

张医生热情推荐："胡主任，这是理工大的龙书记，是我负责的片区，我是她的家庭医生，您给她好好看看吧。"

我笑着点头，打量婆婆。高个，约有170厘米吧，腰板笔挺，花白头发，梳得一丝不乱，五官很精致，其实不太看得出来年纪，六十到八十岁都可以。只有嘴唇，薄薄的，紧紧抿着，略显刻薄。

她伸手跟我握手："咳，什么书记，早就退休了，只是大家都叫习惯了。我也不喜欢别人叫我婆婆，又不是农村妇女。"

我咽下到嘴边的"婆婆"，改口"龙书记，你好"。果然是领导干部，一上来就定了调子，气场十分强大呀！

龙书记习惯很好，所有的病历资料按时间顺序收集得清清楚楚。我什么也没问，先看资料。边看边记录有问题的病情，其实不多，她身体算是很健康的，且不论年龄。哦，其实她七十八岁。

合上病历，没待我开口，龙书记抢先说："没太大的毛病是吧，医生？"并不抱期待地看着我。

我迟疑："从病历资料看，确实没有太大的问题，不过您是怎么不舒服呢？"

她干脆利落地说："跟专家医生说，我就是心里闷得慌，想起来就不甘心，就堵着，所以我才上医院看看，跟医生说说。其实我身体好着呢。你说它干吗这么好呢？真有个什么病，也好了，眼闭上就啥心都不操了。"

我倒佩服她了，难得有人清楚地知道自己没有病。

窗外依旧漆黑一片，大雨滂沱，听她说说吧。

龙书记从年轻时就争强好胜，能干也肯干，在仕途上一帆风顺。只得一女，她一直希望能培养得像自己一样优秀，谁知姑娘跟她前夫一样胸无大志（提到前夫，她撇撇嘴表示蔑视——后来她没有再婚），早早找个也没有出息的男人，过小日子。不上进，日子过得自然辛苦，待孙女出生，没有办法带，交给龙书记帮忙。

龙书记那时刚退休，本来有些失落，这下有指望了，立下雄心大志：要把孙女培养成才。孙女争气，从小到大都是班长，学习成绩也好，钢琴十级。并且，按龙书记的话说，俩人亲，像好朋友，无话不说。

添堵的事发生在高考填志愿时。明明白天，龙书记和孙女一起填的志愿，第一志愿是本地的名牌大学，全国前十之一。晚上，孙女不声不响，偷偷把志愿改成了云南一所大学。第二天告诉她，已经不能更改，孙女哭着说："奶奶，我就想试着独立生活一次。"孙女答应她，毕业了一定回本地工作。

木已成舟，孙女去外地上了大学。从此，龙书记落下了胸闷的毛病。她想不通啊，为什么孙女瞒着她——当然，告诉她，她是不会答应的，明明是错误的选择嘛，事实上，孙女的分数远超本地的名牌大学分数线。她也不理解孙女为什么要远去异乡，而且那么偏僻，去个北京上海她倒是能接受。

一定是早恋了，被坏男生勾着去了。

一想到这里，龙书记谁也没打招呼，到孙女的学校去了一次。好不容易问老师问同学，知道孙女自学的教室，先从后门进去，看到孙女真的在埋头苦读，放了一半的心。她做了一辈子政工干部，有丰富的对敌工作经验，不会这么容易信任人，又坐了半天，证实了真的没有男生来和孙女勾三搭四，才过去喊了孙女的名字。

孙女看到外婆，还是很高兴，带她去吃食堂，逛鲜花市场，尝云腿月饼，送她去机场的时候，还是说：“奶奶，你以后别来了。你年纪大了，坐飞机不舒服。你等我，等我大学毕业。"

其实那段日子，龙书记就开始有了去医院看病的习惯，有时候就是为了和医生们讲讲闲话，打发一下郁闷。

熬了四年，等了四年，眼看孙女就要大学毕业，龙书记一心期待着孙女回来，谁知更坏的消息传来：这次孙女电话都没打，只在微信上发了消息，她有个机会出国工作，行程已经确定，签证已经办好。时间太紧，不能回家跟龙书记告别，直接从学校出发。

龙书记崩溃了，国外那么乱，一个女孩子，怎么能去？怎么能都不跟她商量就自己决定？她一辈子都瞧不起那种哭哭啼啼的小女人，现在自己却眼睛干干的，哭不出来。她就是每天想，每天想不通，每天想得胸闷，想得头痛，想到医院找医生看病。

我听完了，沉吟半晌，我不敢说我懂得龙书记的孙女。只是我有一个亲戚，能干且强势，她在母亲去世后带大了两个弟弟，帮他们完成盖房结婚生子大业。后来她觉得大弟弟的女儿聪明伶俐，是个可造之才，就接回来一手栽培。她一直跟我们说：将来养老就靠这个侄女。但随着侄女上了大学，所有人都看出来，她在有意识地跟姑母疏远……

有时候，恩情太浓烈，反而让人无从回报。还有些时候，和太强势的人生活在一起，必须要完全听任对方摆布，才能和平相处。但是谁愿意如此呢？鸟儿长大了就是要飞的。

想来想去，我试探着问龙书记："跟一起退休的同事有往来吗？参加社区活动吗？参加老年大学之类吗？"她不屑地摇头："我瞧不上那些玩意儿，没有意思，我不喜欢谈婆婆妈妈的事情。"

我试图劝她："孙女的事，放开些。不是有句老话说，儿孙自有儿孙福？"她抿紧嘴摇头。

雨停了，有别的病人进来，她起身道谢，去了。

张医生悄悄说："这样的话，我们都给她说好几年了，没有用，听不进去。"

我叹气，龙书记确实是有主见的人，不会轻易被别人劝动。可这样执念下去，一直不甘心，钻到牛角尖里，怕会偏执呢。倒不一定会到老年精神病的地步，可怎么度过余下的老年时光呢？

## 以色列的残疾人车位

我从来没想过,有生之年,我竟然会踏上以色列的土地。

我从小就经常在《新闻联播》里听到"以色列"这三个字,一般都伴随着另一个国家的名字"巴勒斯坦",天天的巴以冲突、人肉炸弹,听了这么些年。所以当今年,我将跟随外甥女实习的脚步到以色列游玩时,所有人第一反应都是"安全吗"。

我们主任最不爱管闲事,连他,在批准我休年假的时候,还问我:"你不再考虑一下?万一……"

我说:"我会买保险。"

主任摇摇头:"保险不保战争险的,那是不可抗力,"又问:"有什么好玩的?有耶路撒冷,有死海,还有什么?"

我摊摊手:"我也不知道。"

是真的,去之前,我对以色列压根儿啥都不了解。

我们住在特拉维夫,是民宿。炎热的夏季,白天阳光灼热,让人犯愁。后来才发现,早晚空气清新凉爽,夜间入睡不需要空调。

所以，每天在日落之后以及太阳刚刚升起来的时候，我们都长久地散步，用脚步去了解周围环境。白天，则租车出行。

在以色列，大多数的车都是停在路边，停车位标着P。寻找车位是困难的，一下子看到有许多空着的车位，我惊喜地说："快，快，这里。"奇怪，为什么我前面的车，明明也在找车位，却绕开了那些车位？这些车位是专属的吗？我发现，它们上面都竖着一个画着轮椅的标志，或者在地面上有同样的标志。这是一目了然的事儿：残疾人车位。在以色列残疾人也能开车？我很诧异。新来异国，不敢放肆，我们没用那个位置。

一次，我们经过附近的一个残疾人车位时，赫然发现上面停了车。我倒要看看有什么不一样，摇下车窗一看，车窗上也竖了一个轮椅标志，和地上的标志一模一样。是的，这真是残疾人的车，停在残疾人车位上。

残疾人车位如此之多，我很好奇：这里的残疾人有这么多吗？

后来我发现了：确实很多。

一次，我们逛到一个比较大的公园（不知道名字，以色列所有路牌都用希伯来文，看不懂念不出），许多人在散步、慢跑、骑车，我发现一个好像中风后偏瘫的人，正在别人的帮助下骑一种特制的车辆，我不由得和家人窃窃私语：能为病人度身定做一辆康复车，估计这家人挺有钱的。

老年人比较容易内急，才逛了没多久，妈妈就想要上厕所。我们找了一圈没找到公厕，误打误撞到了一栋建筑物前，门口摆满自行车、助动车，看上去像是出租给人办公的那种办公室。我们冒昧地闯进去，向一位六十多岁的老人求助，他很热情，立刻带我们走了一段曲曲折折的路，进入一间小小的办公室，推开一扇更小的门，里面是一个袖珍的卫生间。母亲如厕后，他又客气地请我们坐下，呼唤一名女子出来帮我们倒水喝，跟我们攀谈起来。

原来，这里是一个公益组织，全免费，专门帮助残障人士（包括身体残疾和智力障碍）进行康复锻炼。我们在公园里见到的那个人，并不是富家子，他只是普普通通的一个残疾人，在志愿者的帮助下骑车，以训练身体平衡和协调能力。

我问他："志愿者拿工资吗？"

他用食指和大拇指比出一个"0"字。志愿者都来自世界各地，在以色列自行支付交通及住宿、生活费用，并且不领取任何补贴。

老人带我们看办公墙上贴着的照片，都是他们带残障人士到各地参加社团活动，与当地的残障人士联谊的场面。那些照片上有一些肢残者、一些脑瘫或者身体麻痹者，还有很多先天智力低下的面孔，都在笑，不是微笑，是大笑。

我好奇地问："活动经费从哪里来？"

老人笑道："我经常抢银行。"还比了个戴着头套、双手持冲锋枪的模样。

当地政府对这些公益项目有专门的款项，也划拨专用的场所。社会上也有很多企业和个人慷慨捐助，足以维持。我们恍然大悟，想起那个骑助动车的年轻人，那些照片上的笑容，是呀，残疾人要想生活得稍微舒适些，不能靠家里有钱，得靠社会有爱呀！

到当地商场逛，时不时看到坐着轮椅的人士在挑选商品，大多是电动轮椅。有些明显是外伤后暂时不能活动的，腰上或腿上裹着厚厚的绷带；有些是老年人体弱，以轮椅代步；也有些是残疾人士。毫无疑问，每条街每座建筑物都是无障碍通道。轮椅占的体积确实大些,健康人常要给他们让路,让路时没有谁露出烦人的表情,都是微笑侧身。大家神态自若,就像坐轮椅是最自然不过的事情。公用厕所也都有残疾人专用的可以摆放轮椅、方便洗手的位置。

联想到残疾人车位,我们感叹,不是以色列残疾人多,是政府、社会对残疾人有更多关爱,行动不便的人士可以方便地生活,不用担心下不了楼、停不了车、如不了厕,遭人歧视。所以残疾人可以更好地融入社会生活,享受更美好的生活。

## 但愿为母不强

本来她是有可能活的。

她才二十六岁,结婚两年,头一次怀孕,已经有六个多月身孕。前几天下雨,没带伞,想着车站离家不远,也没让家人接,冒雨淋回家。有人说怀孕的女人抵抗力高,有人说怀孕的女人抵抗力低,不知道谁正确,反正她肯定不属于抵抗力高的,她感冒了。

鼻塞、流涕、咽喉痛,全身无力,凡人都得过感冒,对孕妇不同的是(尤其在中国),基本都不主张用药,怕影响胎儿。她也不例外,这样拖了几天,鼻塞、流涕、咽喉痛好了,乏力感越来越重,简直迈不开步子,头昏眼花的,实在没有办法,只好来医院看病。

先去妇产科,妇产科问她:"你出血吗?"摇头。"你有宫缩的感觉吗?"她反问:"什么是宫缩的感觉?"妇产科就打发她去内科,说:"我们只管生小孩,其他的病我们看不了。"

那天我接诊她,她进诊室第一句话就是:"我怀孕了,不想用药。"这种话听多了,我笑笑不说话。

检查时直接把我吓到。血压只有70/40mmHg,心跳150次/分。来不及跟她和家人解释,我直接要了推车,联系心电图和超声科开辟绿色通道,检查结果如我想象:心电图显示室速;心脏彩超显示整个心肌蠕动,已经不能正常收缩。一定是重症心肌炎。

在护送她去CCU的路上,我跟她和她丈夫交代了病情。她不信:"我只是感冒太重了。"她丈夫一直说:"没有你说的那么严重吧?我看她还好。"

我心里摇头又叹气,只说:"CCU医生会再跟你们谈的。"

跟CCU主任交代了病情,回到门诊继续看病,我心里一直惦记她,病情太重了,活得了吗?万一走了,家人能接受吗?

下班前,打电话去科室想了解下她的病情,护士来不及多说,只嚷着:"在抢救,在抢救,主任们都在。"就挂了电话。

我想上CCU看看,电梯里出来下连班的小护士,拦住我,唉声叹气:"没有用了,别去了。真是的,到底是自己的命重要还是没出世的宝宝命重要?大家都急死了,她和她男人非不让用药,说要保证孩子的安全。拒绝签字像好玩似的。你说,孩子又没出来,要是她命没了,还哪有孩子的命呢?想不通,想不通。"

我心一抽:"那至少要上呼吸机呀!"

小护士说:"不让呀!药不让用,呼吸机不让用,IABP不让用,不是存心想死吗?主任着急,想她应该同意转院上ECMO,那边都做好准备了,他们俩死活不同意。挨到下午,突然就心脏停搏了,再没人说不同意了,可还来得及吗?现在转院也不可能了。估计活不了。"

果然,晚上群里就发出消息,她走了。

无独有偶，第二天我又接诊个病人，怀孕七个月时发现恶性肿瘤，为了孩子的健康，拒绝一切治疗手段，想着孩子生下后再治疗不迟。后来孩子是顺利生下来了，但肿瘤已经全身转移，没有任何治疗价值了，到医院只是姑且治疗一下。

有人感叹母爱真伟大，可我看着全身浮肿、气喘吁吁、连话都没有力气说的她，和站在一旁，抱着未满月的宝宝，满身疲惫的她的丈夫，联想到昨天离世的年轻怀孕女子，我突然很厌恶"母爱"这个词。

女人首先是人，是有自我认知的人，不是为做母亲而生，不是为孩子而生。为了未出世的孩子，连自己都牺牲，第一搞不好就是一尸两命，这牺牲未必有价值；第二就算孩子顺利出生，等于一出世就成为杀母凶手，而且这么小的孩子，不能没有母亲抚养。她走得没法闭眼；孩子也很难有好的生活。

有一句话不知道几时流行起来，叫"女子本弱，为母则刚"，但在生死关头，我希望母亲们，尤其是准母亲们，不要逞强，你要明白，面对疾病，不是你喊几句口号、表一下决心就能扛得过去的。

病房，心房

## 🍅 晕倒的外卖小哥

从清凉的度假地回来，已经忘了武汉的夏天有多么炎热与湿闷。我提前约了机场接车服务，到家附近，我提着箱子下车，跟司机师傅道谢告别。站在空无一人、被阳光照得白花花的马路边，被一片热浪包围，我一时混沌起来，茫然呆立着，看着一个外卖小哥骑到跟前，停车，下车，回身取餐盒，还没有迈步，就直挺挺地倒在地上。

我当时第一个念头居然是：讹人吗？一个大小伙子，又没有绊到，怎么就倒了？看到一丝鲜血缓缓从他耳后流出，我被休假遗忘的医生素养开始觉醒，丢下行李箱，我准备上前扶他起来。这时，他开始抽搐，伴随鼾声，糟，未必是中暑，是大事了。

我这个医生，现在能做的也只有帮他将头侧到一边，防止舌后坠，赶紧拨打110和120。

电话居然打不通。怎么拨打都显示正在查找手机定位，无法拨出。奇怪，我明明在飞机上就已经把国内的电话卡插进手机了呀，难道是手机卡坏了？

慌乱之际，看见临街大楼的保安正在指挥一辆车倒车入库，我奔上前请他帮忙拨打110。保安不慌不忙，敷衍我："等我忙完了再说。"人命关天，等他忙完？倒车的男人下了车，我正准备上前，他看都不看我一眼，一溜烟走了。又有两三个送外卖的小哥路过，都是看一眼就过去了。

我心急如焚，此时，倒地的外卖小哥已经停止抽搐，陷入昏迷状态，幸好，鼾声没有了，呼吸还平稳，摸一摸，还好，脉搏尚属稳定。

我不能抛下他就走，又实在找不到人帮忙，求人不如求己，只能不断地拨打电话。我不能翻动他，只能任他安静地躺在水泥地上，被滚烫的阳光无遮无挡地照着。我很担心：这么高温，地面只怕五六十摄氏度，不会烫伤吧？

仍然不能接通。我都快急哭了。当了多年医生，第一次这么深切地感受到无计可施。

远远走来一个二十多岁的姑娘，应该是附近写字楼的白领。绝望中暗藏希望，我迎上去，简单介绍情况，请她帮忙。姑娘有些为难："我电话刚刚欠费停机了。"

我心一沉：哪里有这么巧的事，不过是不想惹麻烦。但还是赔笑说："不要紧，打急救电话不要钱。"

姑娘干脆地掏出手机："OK，那我们一起打，你打110，我打120。"姑娘原本就撑着伞，现在自然地蹲在小哥身边，把伞打在他头上，任自己嫩白的面容暴露在阳光下。

我大喜，一丝暖流瞬间安慰了我焦躁的心，原来我不是一个人在战斗。

再打110，通了，说是马上来。120仍然打不通。感谢联动系统，110通知了120，120系统打电话过来询问情况，我表明自己的医生身份，简单明了地说明患者发病及目前情况、发病地点。120表示已经发车。

我跟姑娘对视，同时松了口气。再看外卖小哥，逐渐恢复了意识，耳后的出血已经停止，可以睁眼，只是还不能说话。姑娘许是蹲久了腿麻，活动了几下，我不假思索地也蹲了下来，接过她手里的伞，帮小哥撑着，等待救援。

这时其实可以把小哥挪到绿荫下了，但他块头不小，我和姑娘加起来也抬不动他。

这时，一对七八十岁的老夫妻，老伯搀着婆婆，打着伞慢慢路过。看到这种情景，老伯仔细将婆婆送到树荫下，自己来到我们身边，接过我手上的伞，好意地说："我帮他打两把伞，你们姑娘家不要热坏了，到树荫下站着等。"确实太热，我俩也没多客气，跟婆婆一起躲在树荫下。婆婆心疼老伯，嚷嚷："你把自己也挡点儿，都不要晒着。"

老伯热心肠，打着伞还弯下腰，跟小哥轻言细语地说道："你们年轻人，出门在外，要多爱惜身体，骑电动车要戴安全帽，万一摔倒就不会伤到头；太阳太毒，最好穿长袖衬衣，免得晒伤和擦伤；多喝水，按时吃饭，就不会中暑和低血糖；还有，你小时候没有发过癫痫吧？"

哇，这么专业，我看向婆婆，婆婆一脸藏不住的爱意和骄傲："他呀，当了一辈子医生，到哪都是医生。"我不由得肃然起敬，原来是前辈。

外卖小哥能动了，110、120也都来了。可他拒绝去医院，只说:"我还要送餐,迟了要扣钱的。"想想也是,送外卖,多半没有买医保,进一趟医院,总要花钱检查,得送多少外卖才挣得回来呢?可不去检查,万一再倒了,倒在马路中间怎么办?没有人发现怎么办?醒不过来怎么办?

我着急,开口想劝他。老伯掏出两百块钱,塞到外卖小哥手里,只说句:"照顾好自己。"别的没有多说,招呼婆婆慢慢走了。小哥愣了愣,小声说"谢谢",估计老伯没有听见。

我跟姑娘面面相觑,小声嘀咕:"我没带钱。""我也是。"是啊!支付宝时代,买个烤红薯都不用现金了。

警察跟外卖小哥说:"你谢谢人家两个姑娘,让她们先走吧,我们帮你联系公司,争取让公司安排你去医院检查下。"

我俩这才放心地走了。

## 他也不是有意的

一个长白班的下午,病房里安静无事,我从病房里出来,低着头,一边想事儿一边回办公室,感觉到前面有个人,也没留意。

突然间,那人站住了。

我一抬头,却听他一声尖叫,一阵痉挛发作,之后,全身僵直,倒了下来,"咚"一声,四肢如触电般开始有规律地抖动。

我一看就知道,这是癫痫发作了。

再一看这人年纪分明只有十几岁,也不像陪护,开始还以为是来探望生病的爷爷奶奶的,仔细一看,认识,是护工黎师傅的儿子。

如果是完全没有医学常识的人,可能会去掰病人的嘴,还会在病人嘴里放汤匙什么的,避免病人咬伤自己。但作为医生,我当然知道,最好的办法就是不去移动他,让一次发作自己过去。我只是弯下腰,把他的头转向一侧,以利于分泌物及呕吐物从口腔排出,防止流入气管引起呛咳窒息。这时,哗哗的白沫,混合着气泡,从他嘴里涌了出来。

这里离护士站很近,我赶紧喊了一个护士过来帮他擦。

过了一两分钟他爬了起来,抹了抹嘴角的口水,像什么也没发生一样,低着头自己走了,甚至没看我们一眼。

黎师傅在我们医院也做了几年护工了,这么多护工里,她是唯一带着儿子上班的。这次之后,大概她是感激我照顾了一下她儿子,特意来向我道谢,说了自己的故事。

她是甘肃人,是家里的独生女儿,家里有一片农场,专种玫瑰,提炼出来的精油都是卖到外国去的。收入不差,每天养花弄草也让人自然而然沾染了花木的味道。黎师傅年轻时是个美人儿,除了在农场里剪枝修草,没干过重活。

她老早就和家里宣布:"对象我要自己找。"家里满口答应,心里却早有了人选,是一个同乡人,愿意倒插门。黎师傅呢,开始一百个不愿意,嫌小伙子太矮。但家里有家里的打算:农场得有人接手,而且这还是门技术活,不是随便什么人都能干得了的。非得找个愿意上门的,他们手把手教,孩子里至少有一个姓黎,才能安心地走。

黎师傅既然不同意,小伙子就先上了门算帮工。漂亮看久了也就那么回事儿,丑人看久了也就顺眼,渐渐地,黎师傅和小伙子有了感情,就顺理成章结了婚。家里盖起了楼,又买了车,婚后一年,有了儿子,也跟了她姓黎,真是一万个人里面也没有的美日子。

小孩还在月子里,有一天突然眼睛发直,斜斜地不知看向哪个角落。然后就一直眨眼睛,明明没有吃奶,嘴里却像在嚼什么东西,口水流了出来,双手双脚像在游泳一样,不断地震。

黎师傅虽然不懂,但看着就觉得不对,抱到卫生站,又好了。医生和她妈都笑她紧张过度了。

可是渐渐地,小孩越来越奇怪了,身体还会一阵阵抽动。这一次，去了县上的医院。人家给小孩头上戴了好多片，查了半天说：羊角风。

天都要塌下来了。

她婆婆说："别治了。赶紧生二胎吧。"

黎师傅说："我当时一听，心里拔凉拔凉的，这还是孩子的亲奶奶吗？我当时就跟她讲：'轮不到你管，这孩子姓黎。'"

她去的第一家三甲医院，给了她很大安慰，说先天性癫痫，将来自愈的可能性很大。她带着孩子去过北京、上海好多家医院，试过各种疗法，她比画给我看：病历本加起来，和她差不多高。但一直没什么效果。

黎师傅每天奔走，人一年老十岁。为了给孩子治病，房和车都卖了，农场也经营不下去了，只好让其他人承包。她爸妈阻拦不住，说病是一定要治的，但再生一个吧。她气得和父母吵，又回房自己哭。这些年，她为了给孩子治病，哪里有什么机会和老公在一起？老公呢？肯更姓换名当上门女婿，当然也是想过好日子的。到最后，离婚了，儿子归她，老公回自己家，从此再没来过黎家，一次也没问过孩子的情况。

她到我们医院来，也是病急乱投医，全国大医院都试过一遍了。那一段是有一个癫痫专家在我们医院交流，她就跟了半天。正好是个新疗法，一试验就是半年。就有人跟黎师傅说："你在外面住小旅馆也要花钱，不如你到医院做护工吧，至少你们娘儿俩不用租房子了。"

就这样，专家走了，黎师傅也没走，在我们医院也做了有四五年了。

说到家乡，她给我看手机里的照片："你看这是我们家，我们的车，我们的玫瑰园……"正兴致勃勃，突然脸色黯淡起来。她回头看一眼儿子："都是你的病，要不是为了你，我们现在……"她儿子像犯了什么大罪似的，头老老实实低着，一句话也不敢说。小伙儿也应该有十五六岁了，疾病影响他的发育，他看上去就像个十岁左右的小孩。

我实在不忍，就说了一句："你别这么说，他生病，也不是有意的。"

隔了一天，我还在病房外，就听见黎师傅在尖着嗓子骂人："你就是个祸害……"这是怎么回事儿？

进去一看，原来黎师傅陪护的病人要尿尿，黎师傅帮她摆正身体姿势，让儿子把尿盆拿过来。他个子虽小，但年纪也在那里了，半大不小，还是有点儿不好意思。手里拿着尿盆，头一直偏着不往这边看，结果"砰"一下，人撞到床架上，尿盆飞出去多远。病人一惊，直接就在床上尿了出来。

黎师傅一下子就毛了，先过去抽了儿子一巴掌，然后骂个不休。一间房的病人都在劝，护士也跑过来说："不要在病房里大声喧哗。"

黎师傅却是一肚子火，控制不住，暴跳如雷："要不是你，我能在这儿吗？我们本来好好的日子，就是为了你的病……"

突然间，她儿子抬头，轻声说："我也不是有意要生病的呀！"

黎师傅还想说什么，却一下子哑口无言。

整个病房静悄悄的。

突然间，黎师傅蹲到地上，"呜呜"哭了起来。

## 倒签

二线医生问我："你知道什么是倒签吗？"

他讲了半天，我明白了："哦，我们叫肉刺，就是长在指甲旁边的一根刺，可难受了。而且那个处理不好，会得甲沟炎的。怎么，有病人长倒签了吗？"

他要告诉我的，就是一个病人长倒签的故事。

这故事，发生在我坐门诊那一段日子。

"砰砰砰"，天还没亮，就有人来敲医生休息室的门，值长夜班的他，一跃而起。门外的人进来，呼啦啦，一大家子，中间平板车睡着一位老人。他揉一揉眼睛，心一沉：糟，这位老人，昨天才出院。

老人是突然中风，开始其实还轻微，只是手臂一阵阵麻木。他不想拖累家人，硬撑着不说，还给自己贴了一帖狗皮膏药。结果延误了时间，待儿女发现，送他去急诊的时候，他已经半边身子动不得，"呜呜哇哇"说不清话，一查，是脑梗。治疗一段时间后，有好转,但还是站不起身,双手无力,说话也含含糊糊。

医生鼓励他:"你好好锻炼,好好做康复训练,是有机会自己走路的。"

他呜呜呜,不知道是道谢还是抱怨命苦。

他女儿很忧心:"爸爸说什么我们听不懂怎么办?"

她老公安慰她:"你听习惯了就懂了。"

她听不懂,大喝一声:"什么叫我听习惯了?爸爸过些时候就好了,就能说话清楚了。"

家人是问明白所有细节,请好了保姆和护工,在康复科约好了医生和时间,才慎重地出院的。这还不到二十四小时,怎么就……二线医生眼前一黑,想到了各种可能的事儿。他摇摇头,要把那些不吉利的字眼都甩掉。"医疗事故""感染""复发""误诊"……都是不存在的。

他定下心神,问:"怎么了?哪里不好?"

他女儿挤上前来,急切地说:"就是不知道哪里不好呀!"

昨天回家后,病人就一直显得非常烦躁,一直"咿咿呀呀"想说什么,又挣扎着想起身,当然没成功,颓然倒回床上。家人看看尿布,干的;端来热汤热水,病人恼火地摇头;是闷了烦了?开电视,只见病人撇撇嘴,大颗大颗的眼泪滚了下来。

家人都慌了,女儿最没主意,当时就趴在他床前发声大哭:"爸,你要什么你倒是说啊?你这样难受死我了。"

她一哭,病人更是激动,"呜噜呜噜"一连串发音。又吃力地想往前伸手——女儿一把握住父亲的手,哭得更凶了:"爸,我知道你想安慰我,让我不哭。但你这样,我怎么能不哭呀?"

全家人乱作一团,一直乱到半夜。女婿说:"先冷静下来,还是去医院吧。"

挂了急诊，一堆人急着向医生诉说，医生说："这会不会是老年抑郁症？好好的人，一下子走路也不行，自己吃饭也不行，难免沮丧低落。不如你们等天亮挂精神科，精神科主任的'谈话疗法'的效果还是很好的。不然就吃抗抑郁药。"

病人也不知道听懂没，没呜呜呜。

她女儿愤愤地说："谈话疗法？他怎么谈？你来告诉我，你听得懂他在说什么吗？"

急诊医生想了想，说："这样，我给你们办住院证，你们还是去心内科，那里的医生对你父母的情况比较熟，好对症下药。"

就这样，一大家子到了病房。

二线医生俯身问病人："你哪里不舒服呀？"

病人挣扎着，呜哇哇说了一通——医生一个字也没听懂。

那，就做检查吧。心电图、CT，都做上。做了一圈，没有任何有意义的信息。这一次，连医生都看出病人在哭，七八十岁的人，像小孩一样咧着嘴，哭得十分伤心。

难受到这种程度，必须留院观察呀！谁也不敢怠慢，把老人又送到病房。总也要给点儿治疗呀，装装样子也好，至少打个葡萄糖。

把老人搬上床，挂上水，病人一直在急切地看这个看那个，嘴里呜哇着，不知道说什么。但是医生与家属都大眼瞪小眼。

这时，隔壁床的家属打饭回来了——折腾这么一圈，天早就亮了——是儿子，一个长相普普通通的中年人，在床边站了一下，侧耳听了一下老人的咿呀。

家属正在七嘴八舌："爸到底是怎么了？"

他女儿绝望地问医生："医生，你真的解决不了吗？"

这时，那儿子开了口："他长倒签了。"

倒签？什么是倒签？这个词很熟，可能因为慌乱，也可能因为没睡好，二线医生一时想不出来是什么。

那儿子说完了，走到他的床边，开床头柜，拿出一把指甲钳。折身进到卫生间，听见开了水龙头，"哗哗"一阵之后，他出来了，向大家一亮指甲钳："我洗过了，是干净的。"

二线医生吓一跳，就想制止："你消过毒吗？这是无菌的吗？"

但已经来不及了。儿子走到病人床前，掀开他的被子，露出他青筋直露的脚。他把病人的脚握在手里，看准位置，指甲钳"咔"一下，老人立刻"啊"一声——那声音，虽然大家还是听不懂内容，但都听出来是松快。

儿子仔细地绷紧老人指甲边的皮肤，又"咔咔"几下，老人全身都放松了，发出一声舒服极了的长叹。

二线医生明白了：好了，倒签剪掉了。

儿子自顾自去卫生间，又听见开水龙头的声音，显然是洗指甲钳。这时候医生终于反应过来："你找护士，拿酒精棉球把它好好擦一下。"

这家七嘴八舌地围着他道谢，儿子已经回到自己床边，开始喂自己的父亲吃粥，只是笑着摇摇头。

是的，他爸是老病号了，光我们医院，就进进出出不知道多少次了。他爸和这位老人一样，也没法清清楚楚说话，高兴、生气，都是靠呜呜啊啊。

都说久病无孝子，至少这一个不是，这位儿子，在这过程中，掌握了病人的语言。

　　二线医生忽然觉得有点儿惭愧：这样的语言，他本来也应该掌握的。

　　至于那一家，他们高高兴兴去办出院手续了。没忘了加这家儿子的微信："以后老爷子的事，我们多请教你。"

　　那儿子也就是笑笑，把手机递给他们扫码。是的，他就是这么好脾气的人，永远笑眯眯的。

## 这不是鬼上身，是病

偶尔去神经内科病房找主任有事儿，一进去，就看到有三个病人。居中坐着一个半大不小的男生，身边站着的中年妇人，可能是他母亲，正在大声跟主任说："……早上起不来，晚上不睡，在屋子里来回走，没事儿就哭……"男生低头一言不发。另一个中年男人，这时候转过身大声说："能有什么病？就是鬼做，就是死懒，不想考试不想学习。"这显然是父亲。

主任显然看惯了这样的场面，温和地解劝说："明天到门诊挂个号，我给他做些检查吧，有病要早治。"

那父亲更怒了，音量更大："这是病？这是鬼上身。每天吃多喝多了吧，让他去田里干活，管保么病都没得。"

中国家长对精神疾病一向了解甚少，也很难相信自己的小孩得了这样的病。但这句"鬼上身"让我想起了二十年前的往事。

我记得，是在端午前几天的一个半夜，我值夜班，一堆人闹闹嚷嚷送了一个病人进来，这么大热天，居然还裹在被子里。

我一掀被子：病人竟是被五花大绑的。定睛一看，是一个十七八岁的女孩子，脸色苍白，满头大汗，已经连呼吸都没有了。

"这是怎么回事儿？"我一边手忙脚乱急救、上各种仪器，一边大声质问，已经想好待会儿要如何偷空去打110，脑子里不断跳着"童养媳""拐卖人口""强奸"的字眼。

病人叫小琴，就住在附近的镇上，母亲早年去世，她跟父亲相依为命，是个性情温顺、乖巧的女孩，那一年正读高三，成绩也好。

这一段时间高考冲刺，她每天都在学校上晚自习到十点多才回家。一天晚上，她下课回家，父亲正和邻居们坐在门口摇扇乘凉聊天，她突然像发了疯一样，冲了过去，指着大家破口大骂。她父亲大惊，赶忙上前阻拦，结果她又踢又咬，又拼了命地往外跑——差点冲上国道，葬身于车轮之下。

都是乡里乡亲，看她长大的，大家都急了，几个男的一拥而上，强行抓住她，绑了起来。父亲和亲戚邻居商量，都说她发了失心疯，被鬼附了体。第二天请师父来作法，仪式轰轰烈烈搞了一天，她就不吃不喝被绑了一天。先还嚷嚷着，后来就不发声了。都以为有用了，她却一头栽到地上。众人这才醒悟过来：莫非是病了？

心电图显示是三度房室传导阻滞，发热39℃，立刻查血常规，最终诊断：病毒性脑炎、病毒性心肌炎，如果一发作就送医院，也许会耽误这一次高考，但也就仅仅是一次，可是……

看着小琴的父亲哭得死去活来，我有无限恻隐，却也不能不感慨：是无知，杀死了这个女孩。

这么多年过去了，我看着眼前这一家人，不知道说什么好。一时冲动,想把我手机上的医学APP推荐给这位父亲:时代进步了,知识和观念也要跟上呀。手机不是光能用来看抖音的,也是能够学很多医学知识的。

我很想对这位父亲说:这不是鬼上身,是病。

## 半夜看妈妈的女儿

门"砰"的一声被撞开,进来一位中年妇女,脸气得通红:"医生,我要投诉。"

我看一眼手机,都快晚上十点了,我本来以为一夜无事,可以睡了,没想到临睡前来了这档子事。今天是我的大夜班,本来就容易后半夜起来看病,没想到连早睡也实现不了。

耐心听她说。

原来她是301床的女儿,301床高血压住院,请了护工。她要投诉的就是护工。"隔壁床的阿姨告诉我,她对我妈很坏的,我妈要喝水,她因为不想帮我妈上厕所,就不让我妈喝,还恶声恶色。我妈一辈子听领导的,人家一说她就害怕,就硬是不敢说,结果到晚上都渴哭了……"

她越说越义愤填膺,我不能不打断她:"这位家属,是这样的,护工是家属自己请的,由护工公司派遣的,和医院没有关系,他们不是医院的雇员。我觉得你还是应该和护工沟通……"

她愤然说:"都这样了,还有什么可沟通的?我要换掉她。"

我说:"那就更简单了,你直接打电话给护工公司,让他们给你派新人。"

她说:"我打过电话了,他们说可以让她先回去,但现在公司里没有人手,什么时候能派新护工来也不知道。我炒了她,明天早上我妈妈谁来照顾?这个护工还是入院那天,按保洁大妈给我的名片打电话找的。我很着急,刚刚我出去也没遇到她,我妈现在身边不能没人呀……"

我算个好脾气的人,但实在第一是困,第二觉得她无理取闹,冲口而出:"你来照顾你妈就是了。"

她说:"我要上班……"

我说:"其他人的儿女也都要上班,不都是请了假吗?"

说完了我也有些后悔,确实没必要这么冲。

她低了半天头,再抬起来时眼眶是红的。她突然轻轻笑了一下,说:"我知道我不孝,我妈病了我都不能亲自照顾。但是……我在私企,完全不能请假,只能辞职。我妈七十多岁,我快五十岁了,连份固定工作都没有,我辞了可能就再也找不到工作了。当然我可以去做钟点工,做保姆,反正不能吃我妈的退休金。但……这份工作我才找到没多久,之前我在家里闲着的时候,我知道我妈很紧张,她怕我养活不了自己。"

我这才认真地看她,她身量不高,齐耳短发,朴素中带着斯文,像个老师或者其他知识分子。

我不爱打听人家私生活,于是我说:"这样吧,你说的那位护工我大概知道是谁,确实有些好吃懒做,但人也不坏,嗯……有点儿小毛病吧。这样,我明天会跟护士长讲的,如果护士长觉得她的行为已经影响医护了，肯定会批评她的。然后，你明天午休或者什么时候，过来看一下，跟她好好讲几句，她也不会太过分的。你看你都好多天没来看过你妈了吧？就是这样的，儿女不管的老人，护工也会欺负的。"

她叫了起来："我每天都来的，差不多都是这个时候。"

我说："你这个时候来，你妈也睡了。她连见都见不到你，你也起不到精神上安慰她的作用呀！"

她又一次低下头，最后哽咽着说："我是个没用的女儿。"

我不自觉地轻轻拍拍她的肩膀："别这么想，我……"我不可能如她所愿，参与到她与护工之间的矛盾里。那还有别的解决办法吗？一时间，我想不出来。

送走她，我终于能够睡了。听见远处，有电梯开动的声音，一声"叮"又一声"叮"，这里面，有没有在外面打拼了一天的儿女，半夜才能到重病的老父母床前打探一眼？

不想了，早睡，不然，拿什么体力支撑后半夜可能会来的抢救？

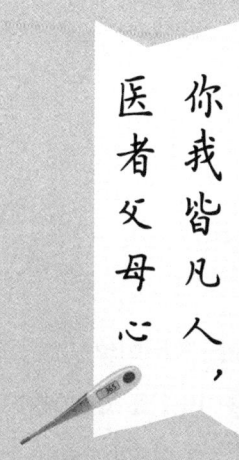

你我皆凡人，
医者父母心

病房，心房

## 众生皆苦

还没进医院大门，在门口就被堵住了。

是一辆车，正堵在楼门口，那是120救护车的必经之道，车上跳下一个胖胖的中年人和一个瘦瘦的中年人。保安立刻过去："开走开走，这是生命通道。"瘦瘦的中年人对他鞠躬作揖："马上马上，我把母亲扶下来我们就走。"

胖胖的中年人已经去开另一侧的车门，从里面扶出一位很瘦很老、像一根丝瓜藤般清瘦的老太太来。瘦瘦的中年人顾不上和保安纠缠，也冲出去帮忙。胖胖的中年人把老太太举上背，瘦瘦的中年人赶紧把她的腿一条接一条举上来，盘在胖胖的中年人背上。老太太老得身体都缩成了一团，像回到小猴子那么大，趴在男人背上。另外几个人大概也是儿女，提着各种东西跟在旁边，都不说话。

老太太个子小，嗓门却大："不要背不要背，我自己走。"

两个中年人都不理她。胖胖的中年人，一步一步走起来了。

瘦瘦的中年人赶紧回到车上，"砰"地关车门，开始倒车。

别说,他们俩体形差得远,脸模子其实很像,一看就是兄弟俩。

我正准备进门,突然看见一个胖胖的女孩子,手里拿着X光的袋子,正在打电话,满脸都是眼泪:"肺结核?我怎么会是肺结核,我这么胖……"说着说着,她剧烈咳嗽起来。我虽然打过卡介苗,也忍不住往外让开一步。

也不知道为什么,这几年,得肺结核的人越来越多,是疫苗效果不好吗?

刚进大厅,就看到一辆担架车无声地滑过大厅,在X光室前面等待。上面躺着个民工模样的人,还穿着黄色的工装,上面都是泥泞斑点。一根长长的钢钎在他大腿上,不知道有没有钻透。他一动不动地躺着,一声也不吭,也不叫疼,大睁着眼睛,看看这边又看看那边。

不,显然他还没有上镇痛。只是……哭有用吗?叫疼有用吗?不声不响里,全是无助呀!

门诊旁边就是儿科。一个孩子哭得歇斯底里,不知道是否重疾,也可能只是做青霉素皮试。妈妈满眼是泪,还紧紧抱着他不松手,全家老小都在帮忙按住他乱踢的双腿、乱挥乱打的双手。

抬头,往下的电梯上,一个胖大的孕妇正在哭,肚子已经很大了,像马上要临盆。她为什么哭得这么伤心?是没胎心了吗?电梯到了底,她还没发现,一个趔趄,差点儿就倒了。周围有人惊呼着冲上去扶住她。她顺势就坐在地板上,像一动也动不了啦。她的男人呢?或者其他家属呢?他们在哪里?

这就是某个早晨,在医院的一楼大厅,从大门口到我走到电梯口的所见所闻所想。

病房，心房

人吃五谷杂粮，没有不生病的，就是这个"没有"二字，才是众生皆苦。

癌症痛苦，但荨麻疹也很难熬。

白血病要死要活，但百日咳也很不好过。

身体上的病是看得见的痛，但那看不见的痛，比如抑郁症，会让有些人永远看不见世界……

众生皆苦呀！身为众生中的一员，我默默无语。

## 一手机差点儿打出人命来

这是哪一年的事儿了？我模模糊糊记不清了，反正那时，大家用的手机一般都是诺基亚和摩托罗拉，不像以前的大哥大，一块块都是沉甸甸的砖头，大概就是手掌那么大小，厚度也像手心到手背。

有两口子，男的家暴了女的——这是现在的观点，在我们那个时候，就说这是"夫妻打架"。反正，这男的一手机拍在女的头上，拍得挺重的，手机壳都裂开了，电池滚了出来。

女的被这一拍就趴到了地上，缓过来后开始号："我脑震荡了，我晕了，我要死了……"

男的也慌了，手忙脚乱，先把手机拾掇完整，还开个机，证明没摔坏，再把女的送到了医院。

急诊室医生一接诊，一摸这女的头，她叫得比人家生小孩的还大声。

问："怎么伤到的？"

病房，心房

女的指着男的，吼："他打的，他打死我，他要偿命。"

男的也不干了："你没咬我，你没打我？我还要去打狂犬疫苗……"

两个人差点儿在急诊室打一架。

医生看了看凶器："哦，手机哦。"再按压女的头皮："这里疼吗？这里呢？"按哪里，她都叫得惊天动地。医生难免心里想：鬼作——武汉话，装腔作势的意思。

拍了X光，片子上没有问题。照医生的意思，就想直接打发他们回家，但女的执意要住院做全身检查，医生想：随你。

以后三天，女的每天在病房里快活得很，看小说，玩小游戏——虽然不是智能手机，但当时的手机上已经有"贪吃蛇""消消乐"了。要不然就是去护士站医生办公室，拉着年轻的护士医生们聊天。她主动跟她们说："我没事，头不疼眼不花，我就是要吓吓他。男的呀，要调教，不然，打老婆还了得？"

然后每天男的一下班就到病房来，女的都是掐着钟点，他快到的时候，就溜上床，盖着被子对着墙假装起不了床。男的一来，她就"哎哟哎哟"叫："我快死了，你打我，你好狠的心……"

男的问："哪里疼？"

她用右手按头："你打的地方呀，你都忘了吗？"

男的又好气又好笑："你按错地方了。你想想，我用右手拿手机，我肯定是打在你左半边脑壳上，你看你摸的是哪里？"

女的白他一眼："病灶会转移，你知道不？"

看他们打情骂俏，感情好得很的样子嘛。

女的妈妈也每天到医院来，经常会沉着脸教育女婿："吵架人人都会，为什么要动手打人？好，打得好呀，进医院了呀，现在锅空灶冷没人做饭了吧？晚上没人暖被子了吧？亏得你们没生小孩，不然哪个带小孩，哪个陪小孩做作业……"男的点头像鸡啄米一样。

一转背，等女婿走了，她又教训自己姑娘："行了呀，差不多就可以了。男的嘛，吓下子就行，再逼下去，他恼羞成怒也不好了……"女的才不理她。

住到第三天，主任笑眯眯来问情况，女的顺势下台："我觉得我好了。"大家都很满意。

当时的出院小结还是手写的，他们一家人正站在护士站那里等小结。突然，女的用很小的声音说："妈妈，我看不见了。"医生一抬头，发现女的脸色惨白，整个人缓缓向地上倒去，头往后一仰。这次是真的晕了，无声无息的。

一查血压，已经崩了。

赶紧叫平板车，推去检查，做脑CT、核磁共振，这才发现：原来，那一手机，正好打在她头盖骨上一块比较脆弱的地方，把一根血管打出了一条很细的缝，X光没拍出来。这三天里，那条缝就一直在一点点渗血，直到这一刻，她因为失血而晕倒。

她人在里面抢救，外面，她妈和她老公听了消息，都面无血色。她妈突然一头撞向她老公："我女儿要死了，你也活不成，我和你拼命了。"她老公被撞得坐在地上，随丈母娘又打又抓，一直在发呆，也不还手，也不躲闪。

还算这女的运气好，抢救回来了。

后来我们议论起来，说，得亏她"鬼作"。如果她当时觉得不痛不痒，没理会；如果她拍了X光心安了；如果她提前一两天出院……总之，无论她是在什么时间什么地点倒下，只要不在医院，她这条命就断送了。

　　这件事，也给医生敲了警钟：街上小混混打架，还来申请法医鉴定，检查得非常仔细，为何老公打老婆，连医生都不当回事儿？

　　家暴就是暴力，再也不要当作"夫妻打架"来看待了。

## 十六岁,他随时可能倒在路上

他坐下,直截了当一句话:"我要开个病情证明。"

他是个半大不大的小伙子,有点儿高,也有点儿胖,整个人看上去敦敦实实的。

心内科看诊,第一件事永远是量血压、听脉搏,我一边问:"是哪里不舒服?"一边给他系袖带量血压。

量出来的数字吓了我一跳:100/180。我问他:"你是刚刚走上楼的还是情绪紧张?"

他说:"我晓得我血压高,我就是要你们给我开高血压的病情证明的。"

我说:"一次高,是不能下高血压的诊断的……"

他从背包里拿出病历:"我在其他医院诊断过的。"

我一看病历,更吓了一跳:那是比较旧时的病历本了,封面还是黄色的牛皮纸。打开一看:确实是高血压,但诊断日期是三年前。我又翻到第一页,看他的出生年月:他只有十六岁。

我说:"你这么小就得了高血压,可能是继发性的,也就是还有其他的病因,需要好好检查一下。你一直在吃什么药?"

他说:"我没吃药。我吃了,血压降了,你们就不给我开病情证明了。"

我说:"你这种情况,必须要吃药。你家长来了吗?我和他们谈谈。"

他不耐烦起来:"你不要这么多事。我就是要个病情证明交给老师,我不想参加军训。我知道我血压高,那是因为我胖,我学习忙,没时间锻炼。等我高考完了再发狠减下来就没事了。"

我仔细打量他:圆鼓鼓的脸红光满面,块头不小但也没到臃肿的程度。我说:"肥胖确实是引起高血压的原因之一,但不是唯一的原因。而且不管是什么原因,治疗都是需要的。你家长呢?"

他态度变得很不友好:"没来。"

我坚持:"那你把你妈电话给我,我打给她。"

他不情愿:"我知道我胖……"

我说:"这不是胖的事儿。"

他很勉强地把电话号码给了我。我打过去,自报身份:"我是某某医院的心内科医生,您儿子现在在我们这里,他血压高……"

那端女人的声音突然尖厉起来:"他就是好吃,吃吃吃,就爱吃肉,不爱吃菜。现在体重都过两百斤了,哪能不高血压的?医生你不要管他,你让他自作自受。"

我听得一头雾水,还是耐心解释:"这位女士,首先您儿子的血压未必跟肥胖有关;其次,放任不管,只会越来越严重,后果是难以想象的。还是要吃降压药,把血压平稳下来。"

女人惊慌起来:"降压药不能吃的,我爸爸就吃降压药,那个吃了会上瘾,像鸦片一样,一吃一辈子。吃不得,医生你这个药开不得,想赚钱也不是这么个赚法。""啪",她把电话挂了。

她儿子也躁了,站起身来:"医生你能不能开病情证明呀?不能开我换一家。"

我说:"我要对你的健康负责……"

他突然一挥手,把我桌上的纸片全打到地上,大吼一声:"烦死个人,浪费我时间。"头也不回就走了。

门外等待的病人们也被这动静吓着了,都说:"这小孩,狠得很。"

我没有生他气,他个子高但毕竟年纪小,他不懂事,我不会和他一般计较。但是……我要怎么才能让他和他的妈妈相信,他的高血压,真的不仅仅因为他胖,而且已经到了必须干预的程度?否则,他很有可能,随时随地,在车上,在教室里,在睡眠中,倒下,就永远起不来。

他只有十六岁呀……

病房，心房

### 主任的丢脸事

这个故事，我听主任讲过很多次，每次开口都是一样的："我自己，有一件丢脸事……"

丢脸，他还一讲再讲？

听我给你们慢慢道来。

主任从医学院毕业后，就直接在附属医院工作。从十八岁开始上学，到三十岁出头，十几年，就没离开过那个地方。

那时他说年轻不算太年轻，也当过住院医师，也在科室里轮转过。经验有了一些，相应地，也就不像刚上班时那么紧紧张张，生怕搞错了。用他自己的话说就是："搞油了。满瓶不响半瓶晃荡，我那时就是个瓶底子，晃得很。——做医生，一定要稳。"

那一天，他在急诊科，快下班了，来了个女病人，说是好端端走在路上，突然有点儿头晕，摔了一跤，爬起来还有点儿晕，担心把头摔破了，所以来了医院。

正在这时，身后有响动，有人在说话："张教授，您来了呀？"主任回头一看，张教授是本地医疗界响当当的一把刀，退休之后还返聘了很多年。他没教过主任，但他在医学院开过大课，主任当时还是本科生，很认真地听过。

张教授不认识主任，主任当然也不好主动打招呼，但不免有点儿分心。看着眼前的女病人，皮没破血没流，问问哪里都不疼。又记挂着食堂里难得有点儿好菜，晚去五分钟就打完了……主任手底下就敷衍了，三两下，就打发女病人走。

突然间，主任身后传来一个冷冷的声音："你给她量血压了吗？"

主任一惊，真忘了。

这才手忙脚乱拿出血压仪来一量——主任立刻大喊："平车，来个平车。快，这个病人要抢救。"血压都崩得快量不出来了。

下面的事儿就走流程了。一查，原来这位女病人在自己也不知道的情况下宫外孕了，又在自己也不知道的情况下宫外孕破裂了，当时她已经大失血到接近休克的程度。

她摔跤的后果没什么，但是——张教授后来专门召集了医院的年轻医生开会，说："她摔跤的原因才是关键。又不是小孩子，满世界疯跑，又不是老人，骨质疏松了，就好好地平地里摔一跤，这就提示了低血糖低血压的可能性，当然还有很多颈椎病呀、心血管疾病……"

虽然张教授没点名，但主任混在其他的医生里，脸上一阵红一阵白，心里一阵紧张一阵后怕。

张教授说："最关键的是，作为医生，要随时关注生命体征。你们是医生，不是厨师，不能是萝卜快了不洗泥。量血压，数脉搏，这两件事永远不能忘。"

后来主任一步步从主治医师到主任医师，又调到我们医院当了科室主任，每一次，有新医生分进来招进来，他必然像当年的教授一样，召集所有人开个会，每次都这么开头："我自己有一件丢脸事……"每次的结局也都是一样的："量血压，数脉搏，这两件事永远不能忘。"

人呀，记性总是没那么好，会忘掉钥匙昨天晚上放哪里，会找不到刚刚才放下来的眼镜，但作为医生，有些事，是永远不能忘的。

## 心比身先死

深夜的抢救与死亡,多半发生在十二点之后。心内科尤其如此。为何如此,原因很多,学术界也有争论。

做了这么多年医生,我已经太习惯在后半夜抢救。在医院里上大夜班,很少能真正深睡,总是半睡半醒,脸上的眼睛闭着,心里的眼睛张着,实体的耳朵闲了,隐形的耳朵还竖着,突然铃声响,红灯亮——一跃而起,以非常快的速度抓起白大褂,几步就到了病房。

今天晚上的主角是一位四十多岁的女士,因先天性心脏病入院,但发现得太晚,已经没有手术的机会,现在是慢性心衰,反复住院,家属早已明确表示,这次是最后一次,不再抢救,就等她咽下最后一口气。

没一会儿心电监护仪上显示呼吸已经没了。我示意二线医生把心电图机推过来等待,准备做最后一张心电图——也就是,当心电图呈一条直线时,宣布死亡,开具死亡证明。

这种情况下，医院都是要求家属二十四小时留陪的，此刻家属就等在外面。这时我让护士请家属进来，准备通告这一情况。

让我稍微意外的是，家属是一位中年女士，说是她表妹，向我们解释："她妈妈年纪大了，不能受这种刺激，我全权代表。"白发人送黑发人，确实凄凉。

我们一起在病床边等待，一般情况下，没几分钟就拉直线了。但那次过了很久，心电一直断断续续地有信号，总有十几分钟吧。

二线医生吃惊地看我，小心翼翼地问："胡主任，是不是……还有什么人没通知到？"

我瞪他一眼，忽然醒悟过来，问她表妹："她爱人和小孩呢？"

她表妹说："她离婚了，小孩在男的那边。"

"小孩知道妈妈的病情吗？"

她表妹摇摇头，口气很漠然："知道病了，不知道病得这么重。开始我们联系过那男的，说让孩子到医院看一下妈妈，那边说小孩最近在感冒，怕传染。"

我不知道说什么好："最后一面……也见不到？以后怎么办？"

她表妹叹口气："能怎么办？不就是《小白菜》里唱的那样，亲娘想我一阵风呀。"

我看一眼还在偶尔一闪的电图，模模糊糊想起来，类似的情况我也遇到过一次。

那还是我刚上班的时候，当时抢救的是一位八九十岁的老太太，早就儿孙满堂，抢救的时候，他们就鸦雀无声地站在病床不远处，看着我们的一举一动。也是到了最后，心电图始终不肯完全平下来，主任问家属："还有人没到吗？"

他们乱七八糟地点头说，还有一个最小的儿子，已经在路上了。

主任说："那等等他。"

他就带我回诊台坐着休息了。

也就是等了十几分钟吧，抢救室的门被猛地推开，一个中年男人风一样冲了进来，直扑向被家属们团团围着的病床。

我还没反应过来，主任已经站起身："差不多了。"带我走过去。

中年男人单膝跪倒在地，上身扑在床上，双手抚在病人身上，哭喊了一声："妈……"

那一幕我永远记得：他话音刚落，心电图马上变成一条直线。

但是这一次，我看看那位病床上的中年女士，我明白，她等的人，再也不会来了，这世界上有一个人有一件事，她永远放不下，让她怎么走得心安理得呢？

还是得等呀，等她终于死心。

我以前好像看过一篇小说，大概是叫"心比身先死"，原来是真的。

## 谁说柯医生的人生不完整

柯医生每天坐在自己小小的诊室里,给来来往往的病人看病。

他原来是我的同事,上班八年,正是年富力强的时候,要不是一场该死的车祸,他应该还在临床一线摸爬滚打。我们医院厚道,没往外赶他,倒给他岗位挑,方便门诊、病历室、信访科……哪里都能去。柯医生自己说:"还是想当医生。"就出来开了家小小的中西医诊所。

刚开业的时候,我们同事去他的诊所看过,小门面,倒还整洁,墙都是雪白的,只是墙上挂了经络图、视力表,还有大概是常换的养生小常识。柯医生说:"病人信这些嘛。反正大病我都会让他们去三甲医院的。"

问他,开不开心?

他说:"现在不用上夜班,不用出急诊,主要是给附近的老年人看看病,也没什么医患纠纷,日子挺循规蹈矩的。"

我们本来担心他的情绪,看他这么乐观,就有同事说:"柯医生，你是因祸得福呀！"

拖着僵硬的脊柱和微跛的左腿，点一支新学会的烟，柯医生点头称是。

我想，他是医生，不知道抽烟对健康不好吗？但，再不好能不好到哪里去？反过来，好又能好到哪里去？他的身体是再也不会复原了。

对病人，柯医生总是乐观的，喜欢说些幽默而安慰的话。

例如，有年轻女孩子突然晕倒，来看病，这其实很常见，青春期贫血或者其他小毛病。检查没有发现什么大问题，可女孩子担心，问他："医生，万一我再晕倒了怎么办？"问得特别认真特别郑重。

柯医生语重心长地叮嘱："要晕倒，最重要的是先找个安全的地方，免得哪个小伙子贪图美色，把你掳跑了。别的倒不用怕，过一会儿就醒了。"

女孩子一愣，笑了，说："那我如果判断不了哪里安全呢？"

他也笑："别一个人出门呀，带上闺蜜，带上男朋友，有朋友在有爱人在，哪里都安全。"

女孩子笑得"咯咯"的，走了。

又例如，有老人家来开药，坐定了，难免多聊几句，嫌自己年老不中用，这病那病，恨声说："你看这腿，关节炎，路也走不得；耳朵也不好，什么也听不见……我活着做什么？"

柯医生便宽慰老人："你屋里家具锅灶能用多少年？你小时候见过用过的那些箱子柜子，还在不？木头也朽了，碗筷也碎了，更别提汽车了。人够结实了，一用七八十年，还不该有点儿毛病啊？修修接着用呗。老话早都说了，人吃五谷杂粮，哪有不生病的？正常现象嘛，大家都一样。"

他讲得入情入理，老人听了觉得有道理，拉着他的手："那你给我点儿好药，不要总病。"

这些，有些是他写在朋友圈里，有些是他到医院玩，跟我们说的。

他一个人住，新装修好的房子，本来是结婚用的，车祸后，女朋友照顾他，出院后把他安顿在新房里，就离开了。

我们安慰他，也叹息："她也太狠心了……"

他护着她，帮她说话："不怪她，她对我很好。有多少病人家属一听说病了，掉头就走，她和我还没拿证，照顾我那么久，还端屎端尿，已经足够了，我知足了。"

我们也无话可说，只能说："柯医生，你这纯属运气不好。"

他嘻嘻一笑："人品问题。"

一天快下班时，一个女孩子到柯医生的诊所来看病，她瘦瘦小小的，人很沉静，话不多，就是说胸闷难受。柯医生还坐着，拿起听诊器，让她把外套脱了，毛衣撩起来，转过身去。她毛衣里面是一件很紧很紧的背心，柯医生说："你这个内衣太紧了，压迫心脏了吧？"

女孩子突然一低头，无声地哭了起来。

柯医生在心里默默叹口气，看来是心病。

女孩子一边哭一边说："我是个废人，我活不下去了……"

柯医生一惊：这是抑郁症了。

女孩子背对着柯医生，抽抽搭搭地说，她还年轻，却不幸患上了乳腺癌，乳房双侧切除。当时说要装义乳，女孩子没有钱，拼命打工攒钱——柯医生关切地说："这么累，当心复发呀！"

用了五年时间才攒够钱，正好也到了复查时间，到医院一查：一个好消息，一个坏消息。好消息是没有复发，这就算是痊愈了；坏消息是，她背肌太薄不能装义乳。

当时女孩子就崩溃大哭，医生和家人都劝她："健康最重要。有没有乳房不重要。现在不是流行中性美吗？"

她在街上见到几乎完全平胸的女孩子，问人家，人家说要买很紧的裹胸。她就也买来穿，假装自己也是有意把胸压得平平的，但是，她心里知道自己没有胸了，不是完整的女人了，她难受呀！

柯医生说："人非得那么完整吗？不完整又怎么样呢？谁还没点儿病呀，近视眼失去了良好视力，也不完整呀！"

女孩子被激怒了，说："医生，你站着说话不腰疼，你根本不理解我的感受。你知道吗？我这样算是残疾人呢。"

"砰"，柯医生激动地一拍桌子，站了起来："我才是残疾人呢。"

他吃力地从诊台后面绕出来，拄着拐杖一步一步走到门边又走过来，一跛一跛，他心里有气，越想走得像正常人越力不从心。女孩子看着他，看呆了，脸上还挂着泪花，忘了擦。

他对女孩子说："你觉得，我能不能理解你？"

女孩子不作声。

柯医生说："我的人生也不完整，我本来前途无限，房子买了，女朋友交了，论文写了，就等着解决职称当主任。结果呢？我好好地过马路，我走的还是斑马线，我守规矩人家不守呀！"他越说声音越大。

可能是他情绪太激动，女孩子反过来安慰他："医生，你现在也挺好的呀，你这个也不明显，而且你还开诊所。"

他立刻反问女孩子:"那你觉得,你的胸,比我这个更明显吗?至少你穿上衣服看不出来呀!"

女孩子过了半天,点点头。

我是怎么知道这件事的呢?也是通过他的朋友圈。我们看了都说有缘,问柯医生对那女孩子印象如何,有没有可能。

柯医生笑:"反正,她加了我的微信,先做朋友吧。"

也许,柯医生是真的因祸得福了呢。

# 19床

二线医生来找我:"胡主任,病人和家属天天投诉,说19床的病人是个神经病,他们受不了啦……"

我一听就皱起眉:"你也是考了注册医师资格的,民间用下'神经病'这样的词也就算了,你怎么也瞎说?——请精神科会诊了没有?"记得19床是位老太太,病历上没提过有精神病史呀。

二线医生正准备说话,突然外面一阵喧哗,有个很高很尖的声音在吼骂什么。谁在病房这么个闹法?

二线医生露出无奈的表情:"……是19床。"

还在走廊上,就听见有个歇斯底里的声音在骂:"你们欺负人,等我儿子来了,一个一个教训你们……"

进去一看,被骂的是当班的小护士,已经一汪眼泪,旁边护士长想劝解,都插不进嘴。而19床那位老太太,不知道哪里来那么大力气,正光着脚站在床上,瘦瘦的手臂指着她们,骂得直喷口水:"你们说,为什么要绕过我,给别人先挂水?你们安的什么心……"

闹了半天,我听明白了。她的床在门口第一张,挂水,有时候从她开始,有时候从里面第一张床开始,都有可能。但她脾气不好,所以每次护士都从她这里开始。不料今天护士一来,她不在,上厕所去了,护士就先给20床挂。结果她从厕所出来就炸毛了。

医院里吵闹是常有的事儿,医生也习惯了,我过去,平淡地叫护士把血压针拿来。再对病人说:"19床,你下来,我给你量个血压。不要激动,你这样血压难以控制,你别忘了你什么病进来的。"

她愣了愣,下来了。

我一回办公室,嚯,其他床的病人家属、护士都来了,一个一个向我抱怨19床。

一个说:"她特别会使唤人。"

医院里有食堂,也有附近的小餐馆会每天上午到病房里问要订什么餐,到时送来。但早上一般都是家属去食堂或者街边摊买的稀饭馒头带上来。从来没见19床的家属出现,但她大大方方叫全病房的家属给她带早餐,连个请字都不说,就是:"哎,你给我带两个馒头、一杯豆浆。"带上来了,拿到就是,也不说谢,也不说钱。

我:"她是老人,也是病人,几块钱的事儿,带就带了。"

那家属说:"她骂人!"

豆浆好好地替她插上管子递到她手里,她一看居然不是无糖的,直接就往地上一摔,破口大骂:"我要叫我儿子来教训你们……"

我头都痛了,我是医生,也不是街道上负责调解工作的。但是,这么个闹法,势必影响其他病人的治疗,没办法,还是查查19

床的病历，和家属联系下。

意外的是，她留的家属电话，是村里的干部。

村干部一听说她的名字，就说："她不是五保户，不是我们负责的。"

我说："那她的儿子呢？"

村干部说："就是这点令人郁闷，有儿子还不如没儿子的。"

她四十多岁才有了孩子，老来子。没多久，老公也去世了，她一个人千辛万苦把儿子带大。儿子也争气，考上了大学，毕业后进了大公司，各方面都很好，就一样：他老婆和母亲生活不到一块去。

农村里，孤儿寡母很受欺负，不泼悍就没法生存，她遇到什么事就跳脚骂，骂了不行就和人拼命。真就是靠这股狠劲儿，才保住那一亩三分地、几间房子，不然全被族里的叔伯们欺负死。但另一面，这样的为人不讨喜，也没什么人喜欢她。

然后呢，她到了儿子家里，老是觉得儿子是自己辛辛苦苦培养出来的，要听自己的，稍微和儿媳妇有点儿什么纠纷，农村那一套上来了，又骂又哭，寻死觅活。搞得儿媳妇直接就提出了离婚。

最后，儿子把她送回老家，托干部和亲戚们照应。儿子还是孝顺的，钱也到话也到，跟大家都打了招呼，说老娘就是这性格，大家多担待她，有需要就和他打电话，花了钱就跟他报账。

她呢，心里也不是不疼儿子的，病了自己来医院，也不通知小孩，说怕影响他工作，也影响他们夫妻的感情。

可是呢，她又担心，怕医院里的医生护士看她一个孤身老人就不把她放在眼里，怕其他的病人家属占她便宜，所以她就处处先放出狠来，让大家晓得她有儿子的，是欺负不得的。

我听了哭笑不得，还是请干部给她儿子打了电话，讲明了病房里的情况，拜托她儿子给她做做思想工作。

到下午，病人家属就来跟我说："胡主任，稀奇呀，19床的女疯子好了哎。你有什么仙方呀？"

开始，19床还坐在床上骂骂咧咧，病房里突然响起了电话铃声，每位病人和家属都看过自己的手机，不是，就跟19床说："你的电话。"

她开始还很凶，说："不接，有谁给我打电话，肯定是骚扰电话。"

待手机拿到手里，一愣，马上就接通了，还是粗声大嗓的，全病房的人都听得见："哪个讲我病了？没得事……小事……就是过来打个针……你不用回来……你不用打钱……晓得，晓得，我不是那种人。不讲了我挂了呀。"

"啪"地挂断电话，她对其他人说："我儿子，一听说我病了，急得班也不上了要请假回来，我跟他讲要扣钱的。"一边说，一边嘴角都是笑容。

其他病人和家属都说："这儿子养得好，孝顺。"

"就是就是，有儿子的人，就是有宝的。"

她笑眯眯听，突然像想起什么，问："你早上给我带的早饭多少钱？我给你。"

太阳从西边出来了。

我听了，也很欣慰，我对病人家属说："她没神经病，不要叫疯子，就叫她……19床。"

## 恶颜恶色的爱

"轰"！一声雷鸣之后，下起了倾盆大雨。雷鸣闪电不断，雨幕像白色的围墙将世界隔断。我站在空无一人的诊室里，享受难得的悠闲。

星期日的下午，医院大部分科室停诊，只有心内科坚持开诊，只有一位医生。

听见脚步声，想是病人来了。我警觉起来：冒着这么大的雨来看病，恐怕病轻不了。又不是突发事件走急诊，那恐怕就是慢性病现在疼痛难忍了。

一个年轻姑娘推着坐在轮椅上的男人进来，两个人都淋得透湿，一会儿就在地板上留下一大摊水渍。男人明显喘气难受，趴在桌上，我问了几个问题，他都没力气答。姑娘代诉：两个月前父亲得了急性心肌梗死，在我们医院治疗，做了冠脉造影，没有放支架，这两天有些气喘，而且越喘越严重。

我要出院小结和随访手册："丢了。"

我问吃的什么药，答："不知道，吃完了也没买。"

我问为什么没有放支架，答："因为放不了。"

要搭桥吗？答："有糖尿病，放了也没用。"

这态度……也太随随便便不上心了吧？我看一眼她，才二十多岁的样子。

我叹口气，耐心跟她解释："你父亲的病很重，你应该多关心他。他的药吃完了，你要惦记帮他买，药可断不得——他的身体……怎么自己来买药呢？"

姑娘愤愤地打断我："他都有力气去打麻将！"

父亲小声反驳："只打过一次嘛。"明显底气不足。

姑娘气呼呼的："那你又不听，还抽烟呢。"

"我得了病不是就戒了吗？"

"早听我劝把烟戒了，根本不会得病。还乱吃，什么忌口吃什么，尽吃发物。"

"医生没有说不能吃龙虾……"

两个人你来我往，父亲急切地辩解着，姑娘讲着讲着气得眼角泛着泪光。

我趁这工夫打开病历系统，调出他的住院病历：原来是冠脉造影三支病变，要他放支架的，可他自己断交了医保，拿不出几万块钱的费用，只好药物治疗。如果坚持用药应该维持得住，可惜他把药也断了。

我打断他俩，给他做了体检，是心衰发作。他可怜兮兮地看着我："医生，你再给我开点儿住院时吃的药，还蛮管用的。"

我叹口气，跟姑娘说："他现在吃的药不贵，一个月最多两百块，你一定督促他坚持吃，才能避免病情加重，否则那可要花大价钱的。"

姑娘辩解："我出差前问他，说药够吃，不用买，谁知道他吃完了。我今天回来他就这样了。"原来不是不管父亲的孩子，我心里一安慰。

姑娘接着问我："医生你说，他能不能坚持半年？我才帮他把医保补交，要半年后启动，那时就可以做支架手术了。现在实在是经济困难。"我点点头，没有医保、新农合，大部分人看病还是贵的，所以医生常劝病人，什么都可以不买，医疗保险一定要买。

看他喘得难受，我犹豫了一下，还是劝他住院，安慰他说："只做最必需的检查，心内科用药是很便宜的，只三天左右，先控制住病情再回家吃药。"

他摆手说："没钱。"

姑娘没好气地说："你又来了，钱有命金贵啊？医生你不要管他，谢谢你开住院证。"

父亲还在努力拒绝："我拖累你，二十好几还没嫁掉，算了。"

姑娘说道："不让人照顾自己父母的，天打五雷轰，这种男的，不要也罢。"

像有一个故事，不问也罢。现在的人都活得精细，亲戚朋友，都不爱沾有病人的家庭，躲得远远的。躲不掉的，还是只有自家人，父母、子女、配偶。只有他们一边照顾病人，一边恶声恶气。

父母和子女之间的爱，最容易是恶颜恶色的。但恶颜恶色，也是爱呀！

## 说不得的"炎"字

我第一次把妹妹吓到了,就是因为一个"炎"字。

那时我上班还没多久,她也是。我们读书的时候,主要是吃食堂和家里的饭菜,到拿了工资,才有机会吃外面的大小餐馆,就跟开了新天地一样。我妹妹把一条街上的每一家店都吃过来,烧烤、炸串、麦当劳,吃完了又扫下一条街。

有一次,她就吃得嘴角烂了。她也没当回事儿,不知道怎么就和我说到了,我说:"你这个是口角炎。"

我妹妹一听:什么?居然还是一个有名字的炎症,和阑尾炎、盲肠炎一样的炎症?吓得不行,立刻就骑上自行车去医院。排了半天队挂上号,又等了半天轮到她,医生一看:"我给你开点儿维生素B吧。"那一年,维生素B几分钱一瓶。

我妹妹都惊呆了:"就这样?"

医生看着她,也很奇怪:"那要不然,再给你加点儿维生素C?"

"我这不是口角炎吗？"

医生都笑了："嗬，还挺专业，谁教你这个名词的？你们这些人就是，知道个名词就瞎用。"

我妹妹后来气哼哼地跟我说："我都没好意思说是你说的，人家会笑死。"

这有什么可笑的？本来就是口角炎嘛。

到后来，我又一次，用"炎"字把我姐姐和我外甥女吓到了。

我姐姐养孩子养得精细，从小到大，我外甥女只要有个头疼脑热都要打电话问我。那段日子，我外甥女快到青春期了，额头上就冒出火疖子，有一天，她梳头的时候，觉得好疼呀，一摸，头皮上也有，还被她梳破了。

我姐不敢怠慢，立刻问我。我说："没事儿，就是毛囊炎。"

我姐姐和我妹妹一样，都是医盲，听一个炎字就吓得屁滚尿流，立刻带我外甥女去医院。中学生时间紧，等不起大医院排队，就去了家门口的社区医院，也是常去的都很熟。人家一看，笑了："这个，你就理解为是长在头皮上的青春痘好了。"

怎么治？

人家给她开一两支软膏，然后打发她去超市买去油的洗发水。

后来我姐我妹都跟我说："我们求求你了，少说什么炎炎炎的，能不能就用我们老百姓听得懂的词，比如上火呀、感冒呀什么的？"

我心里想，其实感冒也是炎症，是包括鼻腔、咽或喉部急性炎症的总称。上火也是炎症。算了，还是少说一句吧。

这都是很多年前的事了，现在我早就入乡随俗，尽量避免用专业术语，如今轮到年轻人犯这毛病了。

# 病房，心房

我们科室有个年轻的小医生，个子不高，但性格很好，爱学习也爱说爱笑，也到了该谈朋友的年纪，但他读书有读书的忙，上班有上班的忙，硬是找不到女朋友。

我妹妹周围有好多年轻小姑娘，单身的也挺多，她热心，打听了一下，上来说颜控的当然不行，找了一个淳朴本分也挺爱学习的，把他们俩介绍到一起。

第一次见面，两个人都害羞，一定要我们姐妹俩作陪。我本来想挑个咖啡厅，又愁没有很熟的，小医生也很少出去吃饭，拿出手机来在点评上一搜，说："附近有一家评分第一的馆子，现在还有团购。"我们就去了。

原来是一家火锅店，倒很新奇，菜都按价格放在不同颜色的盘子里，顾客自取，然后数盘子算钱。很快，我们桌面上就摞起一座七彩缤纷的盘子山。

我看小医生埋头苦吃，怕他冷落了姑娘，就捣捣他，示意他给姑娘夹个菜。他愣头愣脑，涮了一块黄喉就给人家放碗里了。姑娘有点儿抱歉地说："我不怎么能吃下水。肠呀肚呀，都不行，想到里面装过什么，就……"

小医生说："哦，黄喉不属于消化器官，这是牛的大血管，一般是主动脉，又称心管。"

我没什么，我妹认识我很多年，也习惯了医生的这种说话方式，但是小姑娘听了，一惊，向他投去仰慕的一瞥，很痛快地吃了那块黄喉，说："味道还真不错。"

小医生受到鼓励，又给她涮了一块，捞出来的时候，自言自语："这块好像长得不太漂亮，像是得了动脉硬化。"

小姑娘大惊："这是病牛？"

小医生急了,说:"我是开玩笑,不是的,真得了也不要紧,动脉硬化是一种非炎症性病变,是常见病……"

他越解释,小姑娘脸上的表情越古怪,黄喉眼看就涮老了,也没人吃。

我和妹妹……隔着火锅的热气对视,我觉得这次相亲可能成不了啦,我猜她也这么觉得。

病房，心房

### 何老板是个有钱人

他们跟我说，何老板是个有钱人。

这话，我起初不信。

认识何老板时，他正在骨科住院。一年前，他出了一次车祸，断了两根骨头上了钢板，这次来取钢板时，发现血压很高。骨科医生不放心，请我看看，跟我说病人是做生意的，忙得很，什么治疗也没时间做，什么检查也顾不上，就要求马上把血压降下来，做手术出院。

我笑："我可以啊，打一针血压就下来了。可是麻醉师同意吗？平均血压不达标，他敢做麻醉？你敢吗？你不怕一个活人上了台下不来？"

骨科医生挠着头，一脸苦相。

一看何老板，五六十岁的样子，头发花白，胡子拉碴。穿得连农民工都不如，就像个刚从田间地头干活回来的农民：老式手织的毛衣，宽大笨重；裤腿卷了一条，另一条散着；趿拉个拖鞋，露出破了洞的袜子。我暗自嘀咕，这老板做的是捡破烂的生意吧？

并不是我瞧不起收破烂的，这附近，有几个村子的人全做这个，都盖新房开好车，就是离村子还有一两公里就进不去脚。

骨科医生一介绍我，何老板一把握住我的手不放，像抓住了救命稻草，哇哇讲了起来。他口音很重，我听了半天才听出来，不是湖北某些小地方的，就是湖南的。

"胡医生，你帮帮我，我真有要紧的事，耽误不得，一天几十万的损失啊！"

我笑："何老板，做人舍财不舍命呀。"

他猛点头："道理我都懂，你宽限我三个月，让我把这边的事情安排好了，我一定住在你的科里，好好看病，你不说出院，我就不走。"

话说到这份上，还有什么好说的？只能暂时降血压。也是他命大，总算平平安安把手术做了。

过了一段时间，我上门诊，来了一个破衣烂衫的人，一开口就说："我向骨科医生打听了你门诊的时间，专门找你来了。"乍一看，不认识，就像是附近的农民，脸也生。但他那熟门熟路的口气，又像是打过交道的。我呵呵笑一下，仔细打量他。

他笑眯眯说："胡医生贵人多忘事呀，我，老何呀！"哦，是何老板呀，那一口浓重的乡音唤起了我的回忆。

我笑着问他："怎么，钱赚完了，有时间住院了？"

他直摆手："咳，钱哪里有赚得完的时候？人呀，那要说忙，总没有时间的。我血压高，头晕得不得了，熬不过去了。想来想去，还是你讲得对，钱再亲，亲不过命呀！"

他就这样住进我的科。

值夜班的时候，何老板溜达进办公室，闲话当年如何从下岗工

## 病房，心房

人开始，卖服装、开饭店，过关斩将，跟黑社会周旋……这都是我小时候看杂志常写的内容。但小医生年轻，听着新鲜，可能觉得比电视剧还惊险刺激。他好奇，直接问："何老板，你有五百万吗？"

我推他："哪里有打听人家钱财的？没听说过吗？女人的年纪、男人的钱，都是禁区。"

何老板倒不忌讳："不怕告诉你，我资产就五千万。"伸出五根手指，戳得直直的，嘚瑟地在空中左右翻了翻，"我儿子自称'富二代'，这个小兔崽子。"

我笑而不语。这世道，哭穷的有，吹牛的更多。要说有钱人，随便坐个绿皮火车，你光听车厢里人打电话，分分钟刷新你三观，你会发现，前后左右，连那买站票的都是亿万富豪。

小医生被唬得直咂舌，回头等他走了，偷偷问我："他真有钱吗？穿那样。"

我懒得说人是非，直接回他："管人家有没有钱，你种你的一亩三分地。病历写好了没？"

血压控制平稳，何老板出院了，我叮嘱他定期来看门诊。

这一天他来了，还是老习惯，坐着跟我吹吹牛。来了病人，他便坐到旁边去。

那是对愁眉苦脸的小夫妻，还带着一个小孩。丈夫才三十岁，突发胸痛，在当地做心电图有问题，让到大医院看看。我一看，是急性心肌梗死，再问时间，正来得及做急性手术。我一边通知导管室准备，一边跟他们谈病情。

妻子一听就哭了，求我救命："他是家里的顶梁柱，医生我不瞒你，我肚里还有一个，正在想留不留。现在是肯定不能留了，但大的这个也不能没爹呀！"

丈夫却只摆手:"医生跟你说实话,打工的,没有钱,你只开点儿药吃就行了。"

我不忍:"我们医院有绿色通道,做完手术再交钱也可以的。救命要紧,实在没钱,找亲戚朋友借点儿。"

他继续摇头:"农民的亲戚还不都是农民,哪有人借哟?算了,听天由命吧。"

我还想劝,他连说好几个"算了算了",是真的心意已决。

我不知道说什么好。何老板凑过来:"你还是男人呢,这么没志气!钱算什么?命多金贵。你走了,老婆好改嫁,孩子你也不管?是跟你老婆走,受后爸打骂,还是留在亲戚家里忍饥挨饿?"

丈夫苦笑,不说什么,只低头。旁边的妻子已经"哇"的一声哭出来。何老板说:"没钱我借你,你病好了给我打工,还钱给我。"连我都傻了,平白无故借给别人钱,还是陌生人?

丈夫终于抬头:"我……我没啥手艺,只有力气,现在病了,连力气也没有。"

何老板说:"你傻呀,谁生下来就有手艺的,不都是学的?我问你,你肯学不?"

这次,丈夫与妻子一起点头:"肯,肯,肯。"

我目瞪口呆地坐在诊台后,不知道剧情是怎么发展的。倒是何老板指挥我:"你安排他手术,钱我来交,他给我打欠条……"

病人被送进了导管室,我跟何老板站在门外,我问他:"你怎么就相信他们会还你钱呢?"

何老板的口音更重了:"不还就不还,哪里花不出几万块?只当给小辈积德了,总是救了条命。挣那些钱,也得回报下社会嘛。"

这是第一次,我信了,何老板确实是有钱人。

病房，心房

### ● 不是我的错

在医院走廊上遇见她，有点儿脸熟，我正准备点个头，却见她不安地垂下头去。

我再走几步，猛站住脚，看她：她穿着一件看着很廉价的黑纱衬衣，袖管里露出的手臂挺瘦的，却皮松肉弛，花白的头发像牛排上白花花撒了一层盐。没错，就是她，但她，应该只有三十几岁呀？哼，相由心生，心术不正的人难免长歪了。我心里想。

现在护士的文凭都高了，本科研究生都有，但早些年，很多护士就是护校毕业的。

她就是附近农民家的孩子，成绩不差，才有机会上护校，分配到我们医院之后，也算白衣天使了，这在当时的农村，属于跳出龙门，是很体面光彩的。

她在心内科做过一段时间护士，我对她印象不深，就是觉得她憨憨的，脸圆圆的。她待了没多久就要求调到其他科室去，后来护士长讲给我们听理由，都觉得可笑：她当时刚刚结婚，正在备孕，她的公公婆婆和老公一致觉得心内科的检查仪器太多了，有辐射，会生畸形儿。

护士长说："医院里哪个科室仪器不多？人家X光室的护士都没见生出怪胎来，她怕什么怕？"

也许是她太紧张，孩子迟迟不来。这期间，医院对护士的要求和管理严起来，要拿证，要学历，三个月要考试一次，两次考不过就要待岗。她呢，经常去其他医院的不孕不育专科看病，哪里有时间备考。就这样，不知道哪一年，她转成了合同制护士。

孩子到底还是来了，就在我们医院生的，生下来还不到二十四小时，儿科医生一看："你这孩子有黄疸，上蓝光。"照了几次蓝光后黄疸并未下去，她已经要求办出院。

儿科医生说："这怎么能走？需要留院观察。"

她婆婆说："我们农村人，一定要过三日的。过几天，过几天我们送糖来。"像抢一样抱着孩子风一样往外跑。儿科医生气得和我们说："知道的是奶奶，不知道的以为是人贩子。"

过几天，糖没送来，小孩抱回来了，已经是个小黄人了，别说巩膜了，整张脸整个身体都像黄铜铸就的。不好，赶紧送NICU（新生儿重症监护室），上治疗。

到这时，她婆婆又开始怀疑起我们医院的治疗水平了："你们这医院不行，设备不行，医生也不行。我们一定要去协和同济看看。"

当时，儿科医生已经给孩子下了溶血性黄疸的诊断，随时警惕胆红素脑病，一听这话，都毛了："这么小的孩子等你送过去，都凉了。"当时120系统尚未完全铺开，新生儿转院，难道靠他们打的士不成？

她婆婆差点扑上来打儿科医生："你红口白牙咒我们孩子。"强行抱走了。

后来具体怎么样我就不清楚了，总之，孩子严重脑损伤，到一岁尚不能抬头，四岁还不能行走。

医院同情她，还在院里发动了一次捐款。送钱过去的时候，没见到她，她公婆还和工会主席客客气气。转身，医院就收到了诉状：是她把医院告上了法院。

妇产科和儿科都非常恼火：当时的病情、可能的后果都给你讲得清清楚楚。处置单上是你自己签的"拒绝""放弃"，下面落了你的名字。本身医院就没有做违规的操作，何况你还是本院职工，难道说我们还有对同事的孩子不尽心尽力的道理？

而且，你好歹也是正规护校毕业的，起码的轻重缓急、基本常识你是应该知道的，出了这种事难道怪医院？

这话没机会跟她说。因为从此她就没在医院露过面，每天到医院里扯皮的，都是她公婆和其他的一些亲戚，拉横幅、下跪、砸东西……都是医闹的惯用手段，他们也全盘上演。

医闹这些年医院里也是见惯了的，有一套标准的处理流程。都心知肚明，最后肯定是要医院赔钱了事，医院也无非想办法少赔一点儿。后来听说是赔了十几万，还有后来他们转去的那家医院，也赔了钱。

都这样子了，她也不可能回到医院上班，到了年底，医院和她解除了合同。她和医院就没有关系了。

没想到，到了科室门口，远远又看见她，在和护士长说什么，护士长还很亲热地拉着她的手。

我懒得理她，还在排班表前面站了一会儿，等她走了，我才走过去，对护士长说："这样的人，你和她有什么话说？"

护士长说："也是同事一场嘛。她想去上个班补贴家用，要医院给她开个在职证明。"

我说："同事一场她还告医院。她小孩的事，哪位医生处理不当了？半夜还帮她找血库。到头来，狗咬吕洞宾。"

护士长说："也不能完全怪她。你也见过她公婆的，狠得很。她其实是个老实人，小时候听父母的，长大听老公和公婆的。"

我冷笑："老实，告医院的时候不见她老实。"

护士说："她小孩的病，花了五十多万。而且是光治疗，康复他们都没做，因为没钱。她也是急得没办法了，心里想，医院是公家单位，总比她一个农民家里有钱。医院只当是做了好事，救了她。"

护士长说："还有一点，小孩的事，她心里过不去，原谅不了自己。她跟我说，她很后悔，当时为什么不坚决一点，为什么不听医院的，让小孩踏踏实实住几天院，后来什么事都没有了。她对小孩内疚，也窝火，又委屈，觉得自己也不是有意的。她也是需要找个靶子，找个心理安慰。反正，是医院的错，就不是她的错了。"

病房，心房

## 除了钱，还能用什么表达感激

《医生手记》断断续续写了一年多，一天忽然接到个陌生电话，劈头就问："胡医生，你里面讲的故事都是真的吗？"

我奇怪，其实也懒得理，但还是好声好气答他："都是真的。顶多就是为了避免麻烦，有些故事掐头去尾，换了人称性别。"

他立刻说："太好了，我能托你帮我找个人吗？你写过的。"我写过的人也上百了，到哪里找去？正准备推托，他接着说："你写过一个捐献器官的人，我的肾就是好心人捐献的。"

正好我歇班，有机会听他慢慢讲他的故事。他是个生意人，做得很大，年轻时得过一次急性肾炎，也没太当回事儿，结果中年后复发，这次坏了，直接转尿毒症了，只能一边透析一边等换肾。

生意不能停，停了就没钱透析了。他仗着有钱，竟然在家里修了无菌病房，每天在家里透析，一边透析一边处理业务。就这样，等了九年，等到了肾。

我听了后为他欣慰，也忍不住提醒他："你的肾不一定是我写的那个人捐的。"

他说:"我知道。"

中国捐赠器官是双盲,他永远不会知道是谁给他捐了肾,想报恩都没处报去。在那之后,他就留了心,在报纸杂志书上,如果提到有人捐献了器官,他就会想方设法找到对方或者对方的家人,打几千块钱,尽个心意。

他说:"胡医生,你别误会。欠人一点恩,当做牛马还。我是欠了人家一条命,我不想下辈子当牛做马,这辈子就得努力多还点儿。"

他自嘲地说:"胡医生,我们不扯那么远,反正是不是那个小伙子捐的不重要,反正就是有他们捐了,我才活到了今天。"

我很感动,但我还是知道,大海捞针,未必能找到那个人。找到当年给我讲故事的大夫,他很感动,但是确实不记得那小伙子的名字,只记得父母是近郊的菜农。

要不去病历室查查?哪里还有病历?住院病历会永远保存,门诊病历是不存档的。而这位小伙子,根本连门诊病历都没有呀!

在食堂里,大概我们说话的声音大了些,另一位神内科的医生凑了过来,说,他们科倒有一位死后捐了眼角膜的。

眼角膜与肾,不可相提并论吧。

那位医生说:"反正,你跟这个人说一下嘛,就说明不是我们不帮忙,确实是帮他查了的。"

也有道理。

打过电话,那人沉吟一下说:"胡医生,能麻烦您个事儿吗?能给我一下家属的联系方式吗?我给他们打一点儿钱,表个心意。"

联系方式是肯定不能给的,但我还是跟神内科的医生说了一下,请他转告家属。家属接了电话,吃惊不小,也很欣慰,说:"死者是位老人,一生都是好人,死了还能发挥余热,是他的天性。钱是万万不能收的,若他真有心,去养老院捐点钱什么的,就算是为老人积福积寿了。"